BESTSELLERWORLDBOOK 09

마지막 잎새

O. 헨리 지음 | 송은실 옮김

소담출판사

송은실

서울 출생. 한양대학교 영어영문학과 졸업.
역서로 『갈매기의 꿈』, 『크눌프, 그 삶의 세 이야기』, 『마지막 잎새』 등이 있다.

BESTSELLER WORLDBOOK 09

마지막 잎새

펴낸날 | 1991년 6월 1일 초판 1쇄

지은이 | O. 헨리
옮긴이 | 송은실
펴낸이 | 이태권
펴낸곳 | (주)태일소담
　　　　서울시 성북구 성북동 178-2 (우)136-020
　　　　전화 | 745-8566~7　팩스 | 747-3238
　　　　e-mail | sodam@dreamsodam.co.kr
　　　　등록번호 | 제2-42호(1979년 11월 14일)
　　　　홈페이지 | www.dreamsodam.co.kr

ISBN 89-7381-009-X 00840

The Last Leaf

O. Henry

그런데 어찌 된 일인가?
밤새도록 사나운 비바람이 몰아쳤는데도
벽돌벽 위에는 아직도 담쟁이 잎새 한 장이 매달려 있는 것이 아닌가!
그것은 줄기에 달려 있는 마지막 한 잎이었다.

The Last Leaf

차 례

마지막 잎새

워싱턴 광장 서쪽에 있는 작은 구역에는 몇 가닥의 길이 어수선하게 얽혀 있고, 그 길은 '네거리'라고 불리는 작은 골목으로 끊겨 있다. 이 네거리는 기묘한 각도와 곡선을 지니고 있어, 한 가닥의 길이 한두 번은 그 자신과 교차하게 된다.

전에 어떤 화가가 이 길에서 재미있는 가능성 하나를 발견해냈다. 그림물감이나 종이 또는 캔버스 요금을 받으러 온 수금원이 이 길로 들어와 외상값 한푼 받지 못하고 어느새 온 길로 되돌아온다면 어떻게 될까?

이윽고 이 해묵고 옛스러운 그리니치 빌리지에 화가들이 몰려들어 북향으로 난 창과 19세기식 베란다와 네덜란드식 다락방과 싼 방세를 찾아 헤매기 시작했다. 그들은 얼마 후 6번가에서 백랍제의 컵이며, 탁상용 난로를 몇 개 사들였다. 그리하여 이곳에 '예술인 마을'이 생긴 것이다.

아담한 삼층 벽돌집 꼭대기에 수와 잔시의 아틀리에가 있었다. 잔시는 조안나의 애칭이다. 수는 매인 주 출신이고, 잔시는 캘리포니아 주 출신이었다.

그들은 8번가의 식당 델모니코에서 정식을 먹다가 알게 되었다. 예술적 견해도 같았고, 꽃상치 샐러드나 비숍 슬리니브 형의 드레스에 대해서도 취미가 일치한다는 사실을 발견하고는 공동의 화실을 갖게 된 것이다. 그것이 5월의 일이었다.

11월이 되면 의사가 '폐렴'이라고 부르는 눈에 보이지 않는 냉혹한 침입자가 이 예술인 마을을 돌아다니면서 그 얼음 같은 손가락으로 이곳저곳의 사람들을 어루만진다.

이 파괴자는 건너편 동쪽에서 활개치고 돌아다니며 희생자를 몇십 명씩 무더기로 쓰러뜨렸지만, 이 좁디좁은 이끼 긴 네거리의 골목은 살며시 빠져나갔다.

그러나 이 폐렴 선생은 이른바 기사도적인 노신사라고 할 그런 놈은 아니었다. 만약 그랬다면 캘리포니아의 부드러운 바람에 익숙한 가냘픈 꼬마 처녀가, 피투성이의 주먹을 움켜쥐고 숨결도 거친 이 늙은 사기꾼에게 어떻게 정면에서 부딪칠 수 있겠는가?

그런데 놈은 잔시에게 덤벼든 것이다. 잔시는 거의 꼼짝도 않고 하루종일 페인트칠을 한 쇠침대에 누워 작은 네덜란드 식 유리창 너머로 이웃 벽돌집의 벽을 바라보고 있을 뿐이었다.

어느 날 아침 털복숭이의 의사가 흰 눈썹으로 신호를 하면서 수를 바삐 복도로 불러냈다.

「살아날 가망은 아마 열에 하나쯤 될 거야. 그런데 그 가능성도 아가씨가 살고 싶다고 생각지 않으면 안 되지. 지금처럼 장의사를 부를 생각만 하고 있다간 어떤 처방을 내려도 소용없다구. 당신 친구는 나을 수 없다고 이미 정해 버렸어. 그녀의 기분을 돌리게 할 만한 것이 없을까?」

그는 체온계의 수은을 흔들면서 말했다.

「그 애는 언젠가 나폴리 만(灣)을 그려보고 싶다고 말한 적이 있어요.」

수는 이렇게 말했다.

「그림을 그린다구? 바보 같으니! 뭔가 골똘히 생각할 만한 것을 마음에 품고 있다거나 그런 것은 없나? 가령 애인이라든가…….」

「애인이요?」

수는 퉁명스런 목소리로 계속해서 말했다.

「남자에게 그럴 만한 값어치가…… 아뇨, 선생님, 잔시에겐 그런 건 없어요.」

「그럼 곤란한데. 그게 그 애의 약점이란 말야. 어쨌든 내 힘이 닿는 데까지 최선을 다해 보지. 그런데 환자가 자기 장사를 치르러 올 차의 수나 세기 시작한다면, 의사의 효능은 반으로 줄게 되지. 당신이 그 환자한테 이번 겨울 외투의 소매 스타일에 대해 묻도록 만들 수 있다면, 병이 나을 가망은 열에 하나가 아니고 다섯에 하나라고 보증해도 좋아요.」

의사가 돌아간 뒤 수는 화실로 가서 냅킨이 흠뻑 젖도록 실컷 울었다. 그리고는 언제 그랬냐는 듯이 화판(畵板)을 안고 휘파람으로 재즈를 불면서 힘차게 잔시의 방으로 들어갔다.

잔시는 침대 이불에 주름 하나 만들지 않고 창 쪽을 향해 누워 있었다. 그녀가 잠들어 있는 줄 알고 수는 휘파람을 뚝 그쳤다.

수는 캔버스를 세워놓고 잡지에 들어갈 삽화를 그리기 시작했다. 젊은 화가는 젊은 작가가 문학에의 길을 개척하기 위해 쓰는 잡지 소설의 삽화를 그리는 것으로 회화(繪畵)에의 길을 개척해 가지 않으면 안 되는 것이다.

수가 소설의 주인공인 아이다호의 카우보이 모습 위에 사치스러운 승마용 바지와 외알 안경을 그리고 있을 때 잔시가 낮은 목소리로 몇 번씩 무슨 말인가 되풀이하는 소리가 들려왔다. 수는 급히 그녀의 침대 곁으로 다가갔다.

잔시는 눈을 크게 뜬 채 누워 있었다. 창밖을 보면서 그녀는 수를 거꾸로 헤아리는 것이었다.

「열둘.」

이렇게 말하고는 조금 있다가 '열하나' 그리고 '열', '아홉', 그 뒤로는 거의 동시에 '여덟', '일곱' …….

수는 궁금해서 창밖을 보았다. 무엇을 헤아리고 있는 것일까? 보이는 것이라고는 쓸쓸하고 텅 빈 뜰과 20피트 떨어진 곳에 있는 벽돌로 된 이웃 건물의 볼품없는 벽뿐이었다.

뿌리가 썩어가고 있는 늙은 담쟁이 덩굴 한 그루가 벽돌로 된 벽의 중간까지 뻗어 올라 있었다. 차가운 가을바람에 담쟁이 잎은 다 떨어지고 앙상한 가지만이 거의 벌거숭이인 채로 무너져가는 벽돌에 매달려 있었다.

「잔시, 무슨 일이야?」

수는 영문을 몰라서 물었다.

「여섯.」

잔시는 거의 속삭이듯이 말을 이었다.

「차츰 떨어지는 속도가 빨라졌어. 사흘 전에는 거의 백 개쯤 있었어. 헤아리고 있으면 머리가 아플 정도였지. 하지만 이젠 편해. 어머, 또 한 개가 떨어졌어. 이제 다섯 개밖에 없어.」

「뭐가 다섯 개란 말이야?」

「잎사귀야. 담쟁이에 붙어 있는 잎새 말이야. 마지막 한 잎이 떨어지면 나도 가는 거야. 사흘 전부터 알고 있었어. 의사 선생님도 그러시지?」

「어머, 그런 바보 같은 얘기는 처음 들어. 담쟁이 잎하고 네 병이 낫는 것하고 무슨 관계가 있니? 더구나 넌 저 담쟁이를 무척 좋아했잖아. 그런 바보 같은 소리는 하는 게 아니야. 의사 선생님도 오늘 아침에 말씀하셨지만, 네가 빨리 완쾌될 가망은…… 에에, 의사 선생님이 뭐라고 하셨더라? 맞았어. 하나에 열이라고 했어. 그렇다면 뉴욕에서 전차를 타거나, 신축공사중인 빌딩 곁을 지나더라도 그런 위험은 있는 거잖아. 자아, 수프를 좀 마셔 보지 않을래? 그리고 내게 그림을 그리게 해줘. 그림이 완성되면 편집자한테 돈을 받아 가지고 아픈 아기에게는 포트와인을, 먹보인 나한테는 포크춉을 사올 수 있으니 말야.」

수는 당황했지만 침착하게 말했다.

「이젠 포트와인 같은 건 살 필요 없어. 또 한 잎이 떨어졌어. 수프 같은 것도 필요 없어. 이제 남은 거라곤 네 잎뿐이야. 어둡기 전에 마지막 한 잎이 떨어지는 것을 보고 싶어. 그러면 나도 죽는 거야.」

잔시는 눈을 창밖으로 돌린 채 말했다.

「이봐, 잔시. 내가 그림을 다 그릴 때까지 눈을 감고 창밖은 안 보겠다고 약속해 주겠니? 이 그림은 내일까지 넘겨주어야 해. 그림을 그리는 데 빛만 필요하지 않다면 커튼을 내려 버리고 싶지만…….」

수는 잔시에게 몸을 굽히며 말했다.

「저쪽 방에선 못 그려?」

잔시는 못마땅한 듯 말했다.

「나는 네 곁에 있고 싶어.」

수는 다시금 말했다.

「게다가 보잘것없는 담쟁이 잎 같은 건 안 보는 게 좋아요.」

「다 그리고 나거든 곧 말해 줘. 나는 마지막 한 잎이 떨어지는 것을 보고 싶어. 이젠 기다리는 것도 지쳤어. 모든 집착에서 풀려나 저 가엾고 지쳐 버린 나뭇잎처럼 떨어지고 싶어.」

잔시는 창백한 얼굴로 쓰러진 조상(彫像)처럼 조용히 누운 채 눈을 감았다.

「좀 자도록 해봐.」

수는 계속해서 말했다.

「베어먼 씨를 불러 늙은 광부의 모델이 되어 달라고 부탁해야겠다. 곧 돌아올게. 내가 돌아올 때까지 창밖을 보면 안 돼.」

베어먼 노인은 아래층에 살고 있는 화가였다. 나이는 예순이 넘었고, 미켈란젤로가 그린 모세 상에서 볼 수 있는 그런 수염이 얼굴에서부터 몸으로 곱슬거리며 늘어져 있었다.

그는 실패한 화가였다. 40년 동안이나 붓을 쥐고 살아왔지만, 그는 예술의 여신 옷자락 근처에도 다가갈 수 없었다.

언제나 입버릇처럼 걸작을 그리겠다고 큰소리 쳤지만, 아직 손도 대지 못하고 있었다. 몇 년 사이 상업용이나 광고용의 엉터리 그림을 그리는 것 외에 무엇 하나 제대로 그리지 않았다.

그는 전문적인 모델을 고용할 여유가 없는 예술인 마을의 젊은 화가들에게 모델이 되어 주고 돈 몇 푼을 벌고 있는 처지였다. 무턱대고 술을 마셔 대면서도 여전히 머지않아 걸작을 그릴 거라고 큰소리 치곤 했다. 그는 작달막했지만 기골이 강한 노인이어서, 남들의 나약

함을 몹시 비웃었으나 위층의 아틀리에에 있는 두 젊은 화가에 대해서만은 그들을 보호하는 특별 감시인으로 자인하고 있었다.

수가 가보니 베어먼 노인은 아래층 어두컴컴한 방에서 술냄새를 잔뜩 풍기고 있었다. 한구석에는 아무것도 그려져 있지 않은 캔버스가 화가(畵架)에 올려져 있었는데, 이 캔버스는 걸작의 첫 일필(一筆)이 닿기를 자그마치 25년 동안이나 그곳에서 기다려왔던 것이다.

수에게 잔시의 이야기를 들은 베어먼 노인은 충혈된 눈에 눈물을 띄우며 잔시의 바보스러운 공상에 경멸과 조소의 말을 마구 퍼부었다.

「뭐라고? 그 따위 말라 비틀어진 담쟁이에서 잎이 떨어지면 자기도 죽는다니, 그런 빌어먹을 소리를 하는 놈이 어디 있담! 그런 어처구니 없는 말은 들어본 적도 없어. 아니지, 난 그런 하찮은 바보의 모델이 되고 싶은 생각은 손톱만큼도 없다구. 어째서 그런 바보 같은 생각이 잔시 머리 속에 생기도록 가만히 있었던 거지? 아아, 참 가엾은 아가씨야.」

노인이 소리쳤다.

「병이 아주 심해서 마음이 약해져 있어요. 열 때문에 병적(病的)이 되어 별의별 이상한 망상을 하는 거예요. 좋아요, 베어먼 씨. 나를 위해 굳이 모델이 되고 싶지 않다면 할 수 없죠, 뭐. 하지만 당신 정말 형편없군요……. 심술궂은 할아버지예요.」

수가 말했다.

「여자란 별수없군! 누가 모델이 안 되겠다고 했나! 자아, 가자구. 나도 같이 갈 테니까. 난 반 시간 전부터 언제든지 당신 모델이 돼주겠다고 말하려고 벼르고 있었지. 정말이구 말구! 이곳은 잔시 아가씨 같은 선량한 사람이 병으로 누워 있을 데가 아냐. 머지않아 내가 걸작을 그릴 테니 모두 여기서 나가자구. 정말이야! 아무렴!」

베어먼은 소리쳤다.

그들이 위층으로 올라가자 잔시는 자고 있었다. 수는 커튼을 창 밑으로 내리고, 옆방으로 가라고 베어먼에게 손짓을 했다. 두 사람은 창문을 통해 겁먹은 얼굴로 담쟁이를 바라보았다. 그리고는 순간 말없이 얼굴을 마주보았다.

차가운 진눈깨비가 연거푸 퍼붓고 있었다. 베어먼은 낡아빠진 곤색 셔츠를 입고, 비옷 대신 큰 냄비를 뒤집어쓴 채 그곳에 걸터앉아 광부의 포즈를 취했다.

이튿날 아침 수가 한 시간쯤 잠들었다가 깨어 보니 잔시가 생기 없는 눈을 크게 뜬 채 내려져 있는 녹색 커튼을 멍하니 바라보고 있었다.

「커튼을 올려 줘. 나 보고 싶어.」

그녀는 속삭이듯 작은 목소리로 말했다. 수는 마지 못해 그녀가 시키는 대로 했다.

그런데 어찌 된 일인가? 밤새도록 사나운 비바람이 몰아쳤는데도 벽돌벽 위에는 아직도 담쟁이 잎새 한 장이 매달려 있는 것이 아닌가! 그것은 줄기에 달려 있는 마지막 한 잎이었다. 잎 줄기 쪽은 아직 짙은 녹색이지만, 톱날 같은 언저리는 누렇게 썩은 채 땅에서 20피트가량 되는 가지에 매달려 있었다.

「마지막 잎새야.」

잔시는 계속해서 말했다.

「밤 사이에 틀림없이 떨어져 버렸을 거라고 생각했는데. 바람 소리가 들렸었어……. 오늘은 아마 떨어질 거야. 그러면 나도 같이 죽을 거야.」

「잔시, 그런 생각 하지 마. 네 자신을 생각하기 싫다면 나를 생각해 봐. 난 어떻게 하면 좋아?」

수는 지친 얼굴을 베개에 대고 말했다.

그러나 잔시는 대꾸하지 않았다.

멀고 신비스러운 죽음의 여행을 떠날 각오를 한 인간의 영혼처럼 고독한 것은 이 세상에 없으리라. 그녀를 우정이나, 지상의 모든 것에 연결시키고 있는 굴레가 하나하나 풀려감에 따라 그 터무니없는 공상이 한층 더 강하게 그녀를 사로잡는 것 같았다.

날이 저물어 저녁때가 되어도 그 외톨박이 담쟁이 잎은 벽에 그대로 매달려 있었다. 이윽고 밤이 되자 다시금 북풍이 불기 시작했다. 비는 여전히 창을 두드리며 내려 낮은 네덜란드식 추녀에서 물방울이 떨어져 내리고 있었다.

날이 밝자 잔시는 매정하게도 커튼을 올리라고 명령하듯이 말했다. 그러나 담쟁이 잎이 아직도 그곳에 있었다.

잔시는 누운 채 오랫동안 그것을 바라보았다. 그러다가 가스 스토브에서 치킨 수프를 휘젓고 있는 수를 불렀다.

「나 나쁜 애였나 봐, 수.」

잔시는 계속해서 말했다.

「내가 얼마나 나쁜 애였는지 알려 주려고 누군가가 저 마지막 잎새를 저기다 남겨 놓은 거야. 죽고 싶다고 생각하다니…… 벌받을 얘기야. 수프를 좀 줘. 그리고 우유에 포도주를 조금 넣은 것도 갖다 줘. 그리고……. 아냐, 그보다 먼저 손거울 좀 갖다 줘. 그리고 베개를 서너 개 내 등 뒤에 넣어 주지 않겠어? 몸을 일으켜 수가 요리하는 모습을 보고 싶어.」

그로부터 한 시간 뒤 잔시는 말했다.

「수, 나 나폴리 만을 그리고 싶어.」

오후가 되자 의사가 찾아왔다. 진찰을 마친 의사가 돌아갈 때 수는 의사를 따라 복도로 나왔다.

「살아날 가망은 이제 반반이라고 하겠군. 간호만 잘 하면 당신이 이기는 거야. 난 이제부터 아래층에 있는 또 다른 환자한테 가봐야 해요. 베어먼이라는 사나이인데…… 아마 화가인 모양이야. 역시 폐렴 환자야. 나이가 많아 몸이 쇠약한 데다가 급성이라, 아마 회복할 가망은 좀체로 없을걸. 그렇지만 오늘 입원하기로 돼 있으니까 다소간 편해질 테지.」

의사는 떨리는 수의 가냘픈 손을 잡고 말했다.

이튿날 의사가 수에게 말했다.

「위험한 고비는 완전히 넘겼어. 당신이 드디어 이겼군. 이제 영양 섭취와 간호만 잘하면 돼요.」

그리고 그날 오후 잔시가 좀처럼 쓸모없어 보일 것 같은 숄을 짜고 있을 때 수가 다가와서 팔로 베개째 그녀를 안았다.

「귀여운 아가씨! 잠깐 할 얘기가 있어.」

수는 말했다. 그리고는 잠시 뜸을 들인 후 계속해서 말했다.

「베어먼 씨가 오늘 병원에서 폐렴으로 돌아가셨대. 불과 이틀 앓고 말야. 엊그제 아침 관리인이 구두도 옷도 흠뻑 젖은 채 혼자 괴로워하고 있는 것을 그분 방에서 발견했대. 그렇게 비가 쏟아지는 밤에 그가 대체 어딜 간 걸까? 그런데 아직도 불이 켜져 있는 초롱과 언제나 놓아 둔 곳에서 끌어낸 사다리와 흩어진 붓이 몇 자루, 그리고 노란색과 녹색 그림물감을 푼 팔레트를 발견했다지 뭐야. 그건 그렇고…… 잠깐 창밖을 보렴. 저 벽 위의 마지막 담쟁이 잎을 봐. 바람이 불어도 조금도 움직이지 않는 게 이상하다고 생각하지 않았어? 잔시, 저건 베어먼 씨의 걸작이야. 마지막 잎새가 떨어진 그 날 밤에 그분이 저기에 대신 그려 놓은 거야.」

크리스마스 선물

　1달러 87센트, 그것이 전부였다. 그 중에서도 60센트는 1센트짜리 동전들이었다. 이 돈은 그녀가 식료품 가게와 채소 가게, 푸줏간에서 물건을 사면서 한 푼 두 푼 깎아 모은 것이었다. 이 돈을 모으느라고, '이 여자 정말 지독한 구두쇠로군' 하는 가게 주인의 무언(無言)의 비난에 얼굴을 붉혔던 적이 한두 번이 아니었다. 델라는 그 돈을 세 번이나 세어 보았다. 세어 보고 또 세어도 1달러 87센트였다. 그런데 내일은 크리스마스였다.

　낡고 작은 침대에 엎드려 엉엉 소리내어 우는 수밖에는 다른 도리가 없었다. 그래서 델라는 침대에 엎드려 정말로 울기 시작했다. 인생이란 눈물과 미소로 이루어져 있는데, 그 중에서 눈물이 더 많다는 어느 명언이 생각났다.

이 집의 안주인이 흐느끼다가 훌쩍거리는 단계로 점차 옮겨가는 동안, 잠시 집 안을 구경하기로 하자. 가구가 딸린, 일주일에 집세 8달러짜리 아파트, 아주 누추한 집은 아니라 할지라도, 혹시 거지 단속 경찰대라도 오지 않을까 경계해야 할 만큼 초라한 집이었다.

아래층 현관에는 아무리 보아도 편지가 들어갈 것 같지 않은 우편함과 아무리 눌러도 소리가 나지 않는 초인종이 있었다. 그리고 거기에는 '제임스 딜링함 영'이라고 씌어진 이름표가 붙어 있었다.

'딜링함'이라는 이름은, 이 집주인이 주당 30달러씩 받던 경기가 좋던 시절에는 산들바람에 가볍게 나부꼈었다. 그러나 수입이 20달러로 줄어들자 '딜링함'이라는 글자는 마치 겸손하고 눈에 띄지 않게 디(D)자 하나로 줄어들 것처럼 희미하게 보였다. 그러나 제임스 딜링함 영 씨가 귀가해서 이층 아파트로 올라오면 그는, 그의 아내인 델라로부터 언제나 '짐'이라고 다정하게 불리며 뜨거운 포옹을 받곤 하였다.

델라는 울음을 그치고 분첩으로 두 뺨에 분을 발랐다. 그리고 나서 창가에 서서, 회색 고양이 한 마리가 뒷마당의 회색 울타리 위를 걸어가는 모습을 멍하니 바라보았다. 내일이 크리스마스인데도 사랑하는 짐에게 선물을 사 줄 돈이라고는 1달러 87센트밖에 없었던 것이다. 한 푼 두 푼 몇 달 동안이나 모아 온 것이 고작 그것이었다. 일 주일에 20달러 가지고는 도저히 어떻게 할 도리가 없었다. 지출은 항상 예상보다 초과되었다. 그녀가 진정 사랑하는 짐에게 선물을 사 줄 돈이 고작 1달러 87센트밖에 되지 않다니……. 그에게 어떤 멋진 선물을 사 줄까 생각하면서 그녀는 얼마나 많은 행복한 시간을 보냈던가. 멋지고 진기한 진짜 선물을 사주고 싶었다. 짐이 소유하고 있다는 명예에 조금이라도 어울리는 그런 선물 말이다.

방 안의 창문과 창문 사이에는 벽거울이 걸려 있었다. 어쩌면 여러분은 일주일에 8달러짜리 아파트에서 그런 거울을 본 적이 있으리라. 그것은 몸이 몹시 여위고 민첩한 사람이라야 세로로 가느다랗게 얼핏 몸을 비추어 봄으로써 자신의 모습을 그런대로 정확히 헤아릴 수 있는 거울이다. 몸이 가냘픈 델라는 이런 기술을 잘 터득하고 있었다.

그녀는 갑자기 창문에서 몸을 돌려 거울 앞에 섰다. 두 눈은 밝게 빛나고 있었지만, 얼굴엔 핏기가 가시고 창백하게 변했다. 그녀는 재빨리 머리채를 풀어헤치고 길게 늘어뜨렸다.

제임스 딜링함 영 부부에게는 두 사람 모두가 몹시 자랑스럽게 생각하는 두 가지 물건이 있었다. 하나는 일찍이 할아버지와 아버지한테서 물려받은 짐의 금시계였고, 다른 하나는 델라의 긴 머리였다. 만약 시바의 여왕이 건너편 아파트에 살고 있었다면, 델라는 창문 밖으로 머리카락을 늘어뜨려서 그 왕비의 보석과 여러 가지 선물을 무색하게 만들었을 것이다. 그리고 만약 지하실에 온갖 보물을 쌓아 놓고 있는 솔로몬 왕이 이 아파트의 관리인이었다면, 짐은 그의 앞을 지나갈 때마다 시계를 꺼내 봄으로써 그 왕으로 하여금 부러운 나머지 자신의 수염을 쥐어뜯도록 만들었을 것이다.

그렇게도 아름다운 델라의 머리카락은 마치 갈색의 폭포수가 떨어지듯 물결치고 반짝이며 그녀의 어깨 아래로 흘러내렸다. 그녀의 머리카락이 마치 옷을 입은 것처럼 무릎 아래까지 드리워졌다. 이어 그녀는 신경질적으로 재빨리 머리를 다시 감아 올렸다. 그녀는 잠시 몸을 비틀거리다 가만히 서 있더니, 낡고 붉은 융단 위에 눈물 한두 방울을 떨어뜨렸다.

델라는 낡은 갈색 재킷을 걸쳐 입고 낡은 갈색 모자를 썼다. 두 눈에는 눈물 방울을 반짝이며 그녀는 총총히 방문을 나와 거리로 나섰다.

그녀가 발길을 멈춘 곳에는 '마담 소프로니―각종 모발품 취급'이라는 간판이 걸려 있었다. 단숨에 뛰어 올라간 델라는 숨을 몰아쉬며 마음을 가라앉혔다. 몸집이 지나치게 크고 살결이 희며, 싸늘한 느낌마저 주는 마담은 '소프로니'라는 이름이 별로 어울리지 않는 여자였다.

「제 머리카락을 사시겠어요?」

하고 델라가 물었다.

「모자를 벗고 머리카락을 한번 보여 주세요.」

델라가 모자를 벗자 갈색의 머리카락이 폭포수처럼 아래로 흘러내렸다.

「20달러 드릴게요.」

마담은 익숙한 손길로 머리카락을 들어올리며 말했다.

「그럼 어서 빨리 주세요.」

델라가 말했다.

놀랍게도 그 후 두 시간은, 마치 장밋빛 날개를 탄 듯이 빨리 지나가 버렸다. 그녀는 짐의 선물을 사기 위해 가게를 샅샅이 뒤지고 다녔던 것이다.

그녀는 마침내 짐에게 어울릴 만한 선물을 찾아냈다. 그것은 정말로 짐을 위해서 만들어진 물건 같았다. 그녀는 가게란 가게는 샅샅이 다 뒤졌지만 어떤 가게에서도 그와 똑같은 물건을 찾을 수 없었다. 그것은 백금으로 만든 시곗줄로, 디자인이 단순하면서도 우아하고, 훌륭한 물건이 으레 그렇듯이 번지르르한 장식에 의존하지 않고 품질만으로도 충분히 가치가 있는 그런 물건이었다. 그 시곗줄은 짐이 지니고 있는 귀중한 시계에 조금도 손색이 없었다. 그것을 보자마자 그녀는 '이것이야말로 바로 짐의 것이다' 하는 생각이 들었다. 어쩌면 그것은 짐과도 같은 물건이었다. 순수하고 귀중한──이 표현은 사람과 물건에 꼭 알맞는 표현이었다. 그 시곗줄 값으로 21달러를 지불한 다음, 87센트를 들고 그녀는 집으로 돌아왔다. 이 시곗줄을 그의 시계에 단다면 짐은 누구 앞에서도 떳떳하게 시계를 꺼내 볼 수 있으리라. 시계는 훌륭했지만 낡은 가죽끈을 시곗줄 대신 사용하고 있었기 때문에 그는 종종 남몰래 시계를 꺼내 보곤 했다.

집에 돌아온 델라는 황홀했던 기분이 점차 사라졌다. 분별과 이성을 되찾게 된 것이다. 그녀는 머리를 곱슬거리게 지지는 인두를 꺼내 가스에 불을 붙여, 남편에 대한 사랑과 아낌없는 마음 때문에 볼품없이 되어 버린 자신의 짧은 머리를 손질하기 시작했다. 그런데 이런 일이란 언제나 힘이 들고 성가신 작업이었다.

사십분이 못 돼서 그녀의 머리는 짧은 고수머리로 덮여 있었으며, 마치 개구쟁이 학생처럼 되어 버렸다. 그녀는 거울에 비친 자신의 모습을 오랫동안 조심스럽게 자세히 바라보았다.

'만약 짐이 나를 보자마자 죽이지 않고 내 모습을 바라본다면……' 하고 그녀는 혼자 중얼거렸다.

'그이는 마치 코니아일랜드의 합창단원 같다고 할 거야. 하지만 어떻게 하겠어……. 아아, 1달러 87센트 가지고 대체 뭘 어떻게 할 수 있담?

일곱시가 되자, 커피를 끓이고 스토브 위에 프라이팬을 얹고, 고기를 요리할 수 있는 준비를 다 갖추었다.

짐은 늦게 돌아온 적이 한 번도 없었다. 델라는 시곗줄을 접어 손에 쥐고 문 가까이에 있는 탁자의 한구석에 앉았다. 바로 그때 층계의 첫 계단을 올라오는 짐의 발걸음 소리가 들리자, 그녀의 얼굴은 백지장처럼 하얗게 변했다. 그녀는 매일 아무리 사소한 일이라도 혼자서 짧게 기도를 드리는 습관이 있었다.

'오오 하나님, 남편으로 하여금 제가 여전히 예쁘다고 생각하게 하여 주소서.'

그녀는 이렇게 중얼거리고 있었다.

문이 열리더니 짐이 들어오고는 다시 문이 닫혔다. 그는 몸이 여위었으며 몹시 진지한 표정이었다. 가엾게도 그는 이제 겨우 스물두 살이었지만 가정이라는 무거운 짐을 지고 있는 것이다. 그에게는 새 외투가 필요했고, 장갑 또한 없었다.

짐은 메추라기 냄새를 맡은 사냥개처럼 꼼짝도 하지 않고 문간에 서 있었다. 그 눈은 델라를 응시하고 있었는데, 그 시선에는 델라가 읽을 수 없는 표정이 들어 있어서, 그녀는 두려움에 떨었다. 그것은 분노도, 경악도, 비난도, 공포도 아니었다. 그렇다고 그녀가 각오하고 있던 그 어떤 감정도 아니었다. 그는 얼굴에 이상야릇한 표정을 지은 채, 그녀를 뚫어지게 바라볼 뿐이었다.

델라는 머뭇거리며 의자에서 몸을 일으켜 그에게 다가섰다.

「짐, 저를 그런 눈으로 쳐다보지 마세요. 당신에게 선물을 하지 않고는 크리스마스를 보낼 수가 없어서 제 머리카락을 잘라 팔았어요. 머리는 또 자랄 거예요. 괜찮지요, 네? 정말 할 수 없었어요. 제 머리카락은 굉장히 빨리 자라요. 짐, 저에게 '메리 크리스마스!' 라고 해주세요. 그리고 우리 즐겁게 지내요. 내가 당신을 위해 얼마나 멋지고 얼마나 아름다운 선물을 준비했는지 당신은 모르실 거예요.」
하고 그녀는 큰소리로 말했다.

「당신 머리카락을 잘랐다고?」
하고 짐은 아무리 노력해도 그 명백한 사실이 납득이 가지 않는다는 듯이 힘들여 물었다.

「그래요, 그걸 잘라서 팔았어요. 그래도 전과 같이 저를 사랑해 주시는 거지요? 제 머리카락이 없어졌지만 저는 저예요.」

하고 델라는 대답했다.

짐은 이상하다는 듯이 방 안을 둘러보았다.

「그러니까 당신 머리카락은 이제 없어졌다는 말이지?」

하고 그는 마치 바보처럼 멍청하게 말했다.

「찾아볼 필요도 없어요.」

델라는 계속해서 말했다.

「팔아버렸다고 하지 않았어요? 이젠 팔아서 없어졌어요. 여보, 오늘 밤은 크리스마스 이브예요. 저에게 상냥하게 대해 주세요. 그 머리카락은 당신을 위해 팔았으니까요. 어쩌면 제 머리 위에 자라나는 머리카락의 수를 셀 수 있을지 몰라요. 하지만 당신에 대한 저의 사랑은 아무도 헤아릴 수 없어요. 짐, 고기를 올려놓을까요?」

하고 그녀는 다정하면서도 진지하게 말을 이었다.

짐은 멍한 상태에서 갑자기 깨어나는 것 같았다. 그리고는 아내를 껴안았다. 잠시 이들로부터 눈을 돌려, 별로 중요한 것 같지 않은 문제를 생각해 보자. 일주일에 8달러의 돈벌이와 일 년에 1백만 달러의 돈벌이는 어떤 차이가 있을까? 수학자나 지식이 많은 사람에게 물어보아도, 그들은 틀린 대답을 할지 모른다. 성경에 나오는 동방 박사들은 귀중한 선물을 가지고 왔지만, 그 선물 가운데서도 해답은 없었다. 이 수수께끼 같은 말의 뜻은 나중에 밝혀지게 되리라.

짐은 외투 주머니에서 꾸러미 하나를 꺼내더니 그것을 탁자 위에 던졌다.

「델라, 나를 오해하지 말아줘. 나는 당신이 머리카락을 잘라 버렸건, 면도를 해 버렸건, 아니면 샴푸를 했건, 내가 어떻게 당신을 덜 사랑할 수 있겠어? 그러나 그 꾸러미를 풀어 보면, 왜 내가 한참 동안 멍해 있었는지 알 거야.」

하고 그는 말했다.

델라의 하얀 손가락이 재빨리 끈과 포장지를 풀었다. 그러자 델라의 입에서는 황홀한 기쁨의 환성이 터져 나왔다. 그러나 그 소리는 곧 그녀의 발작적인 눈물과 울음으로 바뀌었다. 그래서 이 방의 주인은 온 힘을 다해 안주인을 위로하지 않으면 안 되었다.

바로 탁자 위에는 머리빗이 있었다. 델라가 오래 전부터 브로드웨이의 진열장을 바라보며 갖고 싶어했던, 한 세트로 된 빗이 놓여 있었던 것이다. 그것은 가장자리에 보석을 박고 진짜 귀갑(龜甲)으로 만들어진 아름다운 빗이었으며, 지금은 사라져 버린 그녀의 아름다운 머리에 잘 어울릴 만한 빛깔이었다. 그 빗이 값비싸다는 것을 아는 그녀로서는 그 머리빗을 갖고 싶다는 마음뿐이었지 실제로 자신이 그것을 소유한다는 것은 상상도 못했던 것이다. 그런데 지금은 그녀의 물건이 되었지만, 그렇게도 갖고 싶어했던 빗으로 장식할 머리카락이 사라진 것이다.

그러나 그녀는 그 빗을 가슴에 꼭 껴안고 눈물이 글썽한 눈을 들어 미소를 지으며 입을 열었다.

「짐, 제 머리카락은 아주 빨리 자라나는 편이에요!」

그리고 나서 델라는 털이 그을린 새끼 고양이처럼 자리에서 벌떡 일어서며 「오, 어머나!」 하고 소리쳤다.

짐은 아직 자기의 선물을 보지 못했던 것이다. 그녀는 시곗줄을 손바닥에 펼쳐 올려놓고 간절한 마음으로 그에게 내밀었다. 은근한 빛깔의 값진 금속 시곗줄은 밝고 열렬한 그녀의 마음의 빛을 받아 더욱 빛나는 듯했다.

「짐, 멋지지 않아요?」

그녀는 계속해서 말했다.

「이걸 구하려고 시내를 온통 샅샅이 뒤졌어요. 당신, 이젠 하루에 100번이라도 시계를 볼 수 있을 거예요. 자, 시계를 주세요. 이 시곗줄이 당신 시계에 얼마나 잘 어울리는지 보고 싶어요.」

그러나 짐은 시계를 꺼내 주는 대신 침대에 털썩 주저앉은 다음, 뒷머리에 두 손을 갖다 대고 빙긋이 웃었다.

「여보.」

하고 그는 잠시 뜸을 들인 후 말했다.

「크리스마스 선물은 당분간 치워 둡시다. 그것들은 지금 당장 사용하기엔 너무 훌륭한 것들이니. 당신에게 빗을 사 줄 돈을 마련하느라고 난 시계를 팔았거든. 자, 이제 고기를 올려놓아요.」

여러분도 알다시피 동방 박사들은 말구유에서 태어난 아기 예수에게 선물을 가져다 주었던 현명한 사람들이었다. 사람들이 크리스마스 선물을 주고받게 된 것도 바로 이들로부터 시작된 것이다. 그들은 현명한 사람들이었기 때문에 그들의 선물 또한 틀림없이 현명한 것이어서, 만약 그 선물이 서로 같을 경우에는 어쩌면 다른 것으로 바꿀 수 있었으리라. 어쨌든 나는 여기에 서로를 위해서 자신의 가장 값진 보물을 가장 어리석게 희생해 버린, 싸구려 아파트에 살고 있는 두 젊은이의 평범한 이야기를 서툴게나마 늘어놓았다. 그러나 오늘을 사는 현명한 사람들에게 마지막으로 하고 싶은 말은, 선물을 주는 모든 사람들 중에서, 아니 선물을 주고받는 모든 사람들 중에서 이들 두 사람이야말로 가장 현명한 사람들이라는 것이다. 아니, 이 세상에서 그들은 가장 현명한 사람들이다. 그들이 바로 동방 박사들이기 때문이다.

경관과 찬송가

메디슨 광장의 벤치 위에서 소피는 불안하게 몸을 움직였다. 기러기가 드높은 울음소리를 내며 밤하늘을 날아가고, 물개 모피 가죽외투를 갖지 못한 아낙네들이 남편에게 상냥해지고, 소피가 공원 벤치에서 차분하지 못한 동작으로 몸을 움직이기 시작하면, 이제 곧 겨울이 온다고 생각해도 될 것이다.

낙엽 하나가 소피의 무릎에 떨어졌다. 그것은 겨울 소식을 알리는 잭 프로스트의 명함이었다.

잭은 동정심이 있어 메디슨 광장의 단골들에게는 해마다 이곳을 찾아오기 전에 틀림없이 경고를 해주었다. 공원을 둘러싼 네 군데의 모퉁이에서 그는 만인의 대저택인 공원의 문지기, 북풍에게 명함을 넘겨준다. 그 덕분에 이 저택 사람들은 월동준비를 시작할 수가 있는 셈이다.

소피는 다가오는 혹한에 대비하여 생계를 꾸려나갈 '세입 위원회' 라도 만들 때가 되었음을 인식하고는 벤치에 앉아 불안하게 뒤척이고 있는 것이었다.

소피가 품은 월동계획이라고 해야 야망의 최고라고 할 정도는 아니었다. 지중해의 유람선 여행을 생각하고 있는 것도 아니고, 사치스러운 졸음이 오는 남국의 비행기 여행을 생각하고 있는 것도 아니었다.

섬에서 보내는 3개월, 이것이야말로 그의 최대 소망이었다. 3개월 동안 북풍이나 경관의 손에서 벗어나 식사나 잠자리에 대한 근심 없이, 뜻이 맞는 친구들과 생활하는 것, 이것이야말로 소피가 가장 열망하는 것이다.

지난 몇 년 동안 대우가 좋은 블랙웰의 섬은 그의 겨울철 숙사였다. 그보다 더 행복한 뉴욕 시민들은 해마다 겨울이 되면, 펌 비치나 리벨라 지방으로 가는 차표를 사듯이 소피도 이 섬으로의 '도피'를 은근히 계획하고 있었다. 그리고 이제 그 때가 온 것이다.

간밤에는 일요일자 신문 세 개를 각각 윗옷 안쪽과 발목, 그리고 무릎 위에 두르고 잤지만 그런 것으로 추위를 물리칠 수는 없는지라, 그는 떨면서 이 해묵은 공원 분수 옆 벤치에서 자고 있었던 것이다. 그래서 그 섬이 때마침 소피의 마음에 새삼 큰 모습으로 떠올라온 것이다.

그는 이 시의 극빈자들에 대해 자선(慈善)이라는 이름으로 주어지는 것을 모조리 경멸하고 있었다. 소피는 '법률' 쪽이 '박애' 보다 훨씬 자비롭다고 생각했다.

하기는 자선 시설이라는 것은 시영(市營)이든 사설이든 그런대로 숙식을 제공받을 수는 있다. 그러나 소피같이 자존심이 강한 사람들에겐 자선의 선물 따위는 달갑지 않았다.

돈이라는 형태가 아니더라도 정신적 굴욕이라는 형태로 대가를 지불하지 않고서는 그 어떤 은혜나 박애를 받을 수 없는 것이다. 시저에게는 브루투스가 붙어 있었던 것처럼, 자선침대에는 반드시 강제 목욕이 따르게 마련이고, 한 덩어리의 빵에까지 개인적인 신원조사라는 까다로운 대가가 뒤따랐다.

그래서 차라리 법률의 손님이 되는 편이 훨씬 나았다. 법률은 딱딱한 규칙으로 운영되고는 있지만 신사의 프라이버시마저 부당하게 간섭하는 일은 없었다.

소피는 섬으로 떠날 결심을 하자 즉시 실행에 옮기기 시작했다. 이를 실행하는 데에는 간단한 방법이 얼마든지 있었는데, 그 중에서도 가장 즐거운 방법은 고급 레스토랑에 들어가 비싼 식사를 하는 것이었다. 그런 다음 돈 한푼 없다고 고백한 뒤 조용히, 떠들 것도 없이 경관에게 인도되면 된다. 친절한 판사가 뒷일은 처리해 주기 때문이다.

소피는 벤치에서 일어서자 공원을 나와 바다처럼 평평한 아스팔트를 건너갔다. 브로드웨이와 5번가가 합류하는 곳이다. 이곳에서 그는 브로드웨이 북쪽으로 방향을 잡아 번쩍거리는 레스토랑 앞에서 걸음을 멈추었다.

그곳은 밤마다 상류 사회 사람들이 최고급 요리와 최고급 포도주를 즐기기 위해 몰려드는 곳이었다.

소피는 조끼의 제일 밑 단추에서부터 윗부분까지는 자신이 있었다. 수염도 말끔히 깎았고, 윗옷도 제법 말쑥했으며, 검은 넥타이도 점잖게 매고 있었다. 이는 부인 전도회에서 감사절에 받은 것이다.

이제 이 레스토랑 한 귀퉁이 테이블에 닿을 수만 있으면 성공은 누워서 떡 먹기다. 테이블 위로 나오는 부분이라면 웨이터 마음에 의혹을 불러일으키는 일은 없을 것이다.

'오리통구이쯤일 거야, 아마.'

소피는 생각했다.

'그게 적당할 테지. 그리고 백포도주 한 병과 치즈와 식후의 블랙커피, 시가 한 개비, 시가는 1달러짜리 정도가 알맞을 게야.'

모두 합쳐 보았자 별것도 아니다. 그렇지만 그 식사는 그에게 만족감과 행복감을 주면서 동시에 겨우내 지낼 아늑한 집으로 여행을 시켜 주는 것이다.

그러나 소피가 레스토랑 입구에 발을 들여놓은 순간, 웨이터장의 시선이 소피의 낡아빠진 바지와 낡은 구두 위로 떨어졌다. 그는 억세고 재빠른 손으로 소피의 몸을 홱 돌리더니 말없이 보도로 밀어내어,

위험에 빠질 뻔한 오리가 불명예스러운 운명을 걷지 않도록 다독거렸다.

소피는 브로드웨이를 벗어났다. 아무래도 그가 바라는 섬으로의 길은 식도락의 길은 아니었던 모양이다. '감옥'으로 들어가는 길을 어딘가 다른 곳에서 찾아내야 한다.

6번가 모퉁이까지 오자 전깃불과 솜씨 있게 진열된 상품이 가게의 진열장을 비추고 있었다. 소피는 작은 돌멩이 하나를 주워 느닷없이 진열장을 향해 던졌다.

경관을 앞세우고 사람들이 달려왔다. 소피는 그 자리에 서 있었다. 두 손은 주머니에 찔러 넣은 채였다. 그리고 그는 제복을 입은 경관을 보고 싱긋 웃었다.

「범인은 어디 있소?」

경관은 흥분한 목소리로 말했다.

「혹시 내가 범인이라고는 생각지 않나요?」

소피는 말했다. 다소 놀리는 투였지만, 행복을 맞이하는 사람처럼 친밀감이 담긴 목소리였다.

경관은 소피의 말을 하나의 단서로조차 받아들이려고 하지 않았다. 범인은 범행 후 재빨리 도망쳐 버리지 이런 곳에 머물러 법률의 말단집행자와 이야기 따위를 하지는 않는다.

경관은 한 사나이가 저쪽으로 달려가 전차를 잡으려는 것을 보았다. 그래서 경찰봉을 뽑아들고는 그를 추적했다.

소피는 마음이 상해 원망스러운 듯이 걷기 시작했다. 또다시 실패한 것이다.

길 건너편에 점잖아 보이는 레스토랑이 있었다. 이 가게는 양은 많았지만 돈은 별로 들지 않는 곳이었다. 접시와 공기는 묵직했으나, 수프와 테이블 클로스는 얄팍했다.

소피는 자기의 정체가 드러날 것 같은 구두와 숨길래야 숨길 수 없는 바지를 입고 들어갔는데, 이번에는 아무도 그를 막지 않았다. 식탁에 앉자 그는 비프스테이크와 핫케이크 그리고 도넛과 파이를 순식간에 먹어치웠다. 그리고는 웨이터에게 돈이 한푼도 없음을 밝혔다.

「자아, 어서 경관을 불러오지 그래? 신사를 기다리게 해서야 되나?」

소피는 이렇게 말했다.

「너 같은 놈한테 경관은 무슨 얼어죽을 놈의 경관이야!」

웨이터는 소리치고 나서 동료를 불렀다.

「이봐, 콘! 손 좀 빌리자구.」

두 웨이터는 참으로 보기 좋게 소피를 들어올려 딱딱한 보도 위에다 집어던졌다. 그는 목수의 말린 자가 퍼지듯이 빙그레 몸을 일으켜 옷의 먼지를 털었다.

경관한테 잡힌다는 것은 장밋빛 꿈인 것 같았다. '섬'은 여전히 먼 곳에 있었다. 경관 하나가 근처 약국 앞에 서 있었지만, 웃으면서 저

쪽으로 가버리는 것이었다.

다섯 블록쯤 걸어가니 이윽고 또다시 용기가 솟아나, 어떻게든 체포당할 짓을 해야겠다고 생각했다. 이번에는 틀림없는 기회가 온 것 같았다. 젊은 여자가 진열장 앞에 서서 열심히 그 안에 진열해 놓은 면도용 컵과 잉크 스탠드를 들여다보고 있었다. 게다가 운수 좋게도 그 진열장에서 얼마 안 되는 곳에 건장한 체격의 경관이 서 있었었다.

소피의 속셈은 이곳에서 천한 '탕아' 역할을 해보려는 것이었다. 제물이 된 여자의 아름답고 우아한 모습과 착실해 보이는 경관을 보자 그는 한층 더 확신을 굳혔다.

이제 곧 경관이 아늑하고도 조그만 섬으로 겨우살이를 떠날 수 있도록 해 줄 것이다.

소피는 부인 전도사에게 받은 타이를 고쳐 매고, 안쪽으로 꽁무니를 빼려는 커프스를 소매로 끄집어내며 비스듬한 각도로 모자를 고쳐 쓰고는 젊은 여자 쪽으로 다가갔다. 그리고 윙크를 하기도 하고, 공연히 헛기침을 하고, 웃어도 보이며 '탕아'의 그 뻔뻔스럽고 천한 수법을 보여주었다.

곁눈질해 보니 경관이 이쪽을 바라보고 있었다. 젊은 여자는 두어 걸음 저쪽으로 가더니 또다시 진열장 안을 들여다보았다. 소피는 가까이 다가가서 대담하게 그녀 곁에 바싹 붙어 서서 말했다.

「여어, 비델리아잖아! 어때, 우리 집 뜰에서 안 놀 테야?」

경관은 여전히 이쪽을 보고 있었다. 그러니 젊은 여자가 그저 신호로 손가락 하나를 들어올리기만 해도 되었다. 그렇게 하면 소피는 섬으로 가는 배의 티켓을 따놓은 것이나 마찬가지인 것이다. 그의 마음 속에는 이미 형무소의 아늑함이 느껴졌다. 그런데 젊은 여자는 소피 쪽을 돌아보더니 한 손을 뻗어 그의 옷자락을 잡는 것이었다.

「좋아요, 마이크.」

그녀는 기쁜 듯이 이렇게 말했다.

「맥주만 한잔 사준다면 말예요. 내가 먼저 말을 걸려고 했지만, 경관 녀석이 보고 있어서요.」

떡갈나무에 달라붙은 덩굴처럼 젊은 여자에게 잡힌 소피는 우울한 얼굴로 경관 곁을 지나쳐갔다. 자기의 운명은 아무래도 자유의 몸으로 있어야 한다고 정해져 있는 것 같았다.

다음 모퉁이에 이르자 그는 여자의 손을 뿌리치고는 마구 달려갔다. 잠시 달리고 나서 걸음을 멈추었다. 그곳은 밤이 되면 휘황찬란한 거리와 들뜬 마음과 경박한 사랑의 맹세와 경쾌한 노래로 들썩이는 지역이었다.

모피 외투를 입은 여자들과 멋진 오버를 입은 남자들이 추운 거리를 즐겁게 걷고 있었다. 소피는 문득 불안한 심정에 쫓겨, 자신의 몸이 체포되지 않는 마법에라도 걸린 것이 아닐까 하는 생각이 들었다.

그렇게 생각하자 얼마간 허둥댔다. 그곳에서 한 경관이 휘황찬란한 극장 앞을 서성대고 있는 것을 보자 그는 눈앞의 지푸라기라도 잡으려는 심정으로 '풍기문란행위'를 자행키로 했다.

소피는 길거리에서 야릇한 소리를 질러대면서 주정뱅이 특유의 잠꼬대 같은 소리를 늘어놓기 시작했다. 그리고는 춤을 추기도 하고, 소리쳐 보거나 그 밖의 갖가지 방법으로 소란을 떨었다.

그러자 경관이 경찰봉을 둘러대면서 소피에게 등을 돌리고는 지나가는 사람들에게 일일이 설명했다.

「이 사람은 예일대학 학생이랍니다. 하트포드대학을 완패시켜 축하하고 있는 거죠. 시끄럽기는 하지만 별로 해는 없습니다. 그냥 두라는 지시를 받았지요.」

소피는 안타까운 심정으로 이 무익한 소동을 끝냈다. 경관은 어째서 체포해 주지 않는 것일까? 꿈에 그리던 섬은 도저히 갈 수 없는 유토피아처럼 생각되었다. 그는 얇은 윗옷의 단추를 잠그고 찬바람을 막았다.

담뱃가게를 들여다보니 차림새가 좋은 사나이가 라이터로 시가에 불을 붙이고 있었다. 그 사나이의 비단 우산이 입구 옆에 세워져 있었다. 소피는 안으로 들어가서 그 우산을 들고 나왔다. 불을 당기고 있던 사나이가 허둥지둥 뒤쫓아왔다.

「그건 내 우산이오.」

사나이는 단호한 투로 말했다.

「흥, 그래?」

이렇게 말하면서 소피는 싱긋 웃고 나서 절도죄에 모욕죄까지 덧붙였다.

「그렇담 경관을 부르지 그래? 내가 당신의 우산을 훔쳤는데 왜 경관을 안 부르지? 저 모퉁이에 서 있는데.」

「물론이지요.」

우산 주인은 더듬거리며 말을 이었다.

「그건, 저어, 흔히 있는 일로서…… 난…… 그게 당신 우산이라면 용서해 주십시오…… 오늘 아침 어떤 레스토랑에서 손에 넣은 건데요…… 만일 당신 우산이라면 저어…… 용서를…….」

「물론 내 거지.」

소피는 신경질적으로 말했다.

사나이는 물러갔다. 경관은 서둘러 키가 큰 금발 여자를 도와주러 갔다. 야회복을 입은 그 여자가 길을 막 건너고 있는데 전차가 바로 근처에서 달려왔기 때문이다.

그러다 보기 드물게 조용한 모퉁이까지 오자 소피의 발이 문득 멈추어졌다. 그곳에는 오래된 교회가 있었다. 보잘것없는 건물이었다. 보랏빛 스테인드 글라스 창에서 부드러운 빛이 한 줄기 새어나오고 있었다. 오르간 연주자가 건반 위에 신중한 손가락을 옮기면서 이번 일요일에 연주할 찬송가를 치고 있는 모양이었다.

아름다운 음악 소리에 소피는 철망에 몸을 기댄 채 귀를 기울이며 꼼짝 않고 서 있었다.

달은 머리 위에 떠올라 밝게 빛나고 있었다. 자동차도, 보행자도 거의 없었다. 새가 처마 밑에서 지저귈 뿐이었다.

주위의 풍경은 시골 교회의 경내로 착각될 정도였다. 오르간 연주자가 치는 찬송가는 시멘트로 굳힌 듯이 소피를 단단히 철책에 묶어버리고 말았다. 그 찬송가는 옛날에 흔히 듣던 곡이었다. 그 무렵에는 그도 많은 것을 가지고 있었다. 어머니, 장미, 야망, 친구, 얼룩 하나 없는 맑은 생각, 그리고 빳빳한 칼라 등.

소피의 마음이 모든 것을 받아들일 수 있는 상태였으며, 이 오래된 교회를 둘러싼 갖가지 감화력과의 연결이 소피의 영혼에 변화를 가져왔다.

그는 문득 엄습해오는 공포에 떨면서 자기가 전락해간 구덩이를 바라보았다. 타락한 매일, 보잘것없는 욕망, 사멸해 버린 희망, 마비된 재능, 비열한 목적…… 이런 것으로 이 세상을 살아왔던 것이다.

그러자 다음 순간 그의 마음은 이 새로운 감정에 몸이 떨릴 만큼 감격스러웠다. 순간 힘찬 충동에 쫓겨 그는 자기의 절망적인 운명과 싸워 보고 싶다는 생각이 들었다.

'이 늪 속에서 빠져나와 보자. 나를 다시 한 번 정상적인 인간으로 만들어 보자. 내게 달라붙어 있는 악을 이겨 보자. 아직 늦지 않았다. 생각해 보면 나는 아직 젊은 나이이다. 그 옛날 그렇듯 진지하게 품고 있던 야망을 다시 한번 소생시켜 그것을 추구하자. 엄숙하기는 하지만 기분이 좋은 오르간 소리가 나의 마음에 변화를 일으킨 것이다. 내일이 되면 기분 좋게 거리로 나아가 일을 찾아보자. 언젠가 모피를

수입하는 사나이가 운전사 자리를 마련해 주겠다고 했으니 내일 그
를 찾아가 부탁해 보자. 나 역시 정상적인 인간이 될 수 있다는 것을
보여 줄 테다. 그리고 나는······.'

문득 정신이 들자 누군가가 소피의 팔을 잡고 있었다. 급히 돌아보
니 경관이 서 있었다. 경관은 그에게 물었다.

「여기서 무얼 하는 거요?」

「별로······ 아무것도.」

소피는 이렇게 말했다.

「그럼 같이 가자구.」

경관은 다짜고짜 말했다.

「3개월 간 섬에 감금함.」

이튿날 즉결 재판소에서 판사가 이렇게 언도했다.

20년 후

순찰중인 경관이 거드름을 피우며 한길을 걸어갔다. 거만스러운 것은 습관적인 것으로, 일부러 그렇게 보이기 위한 것은 아니었다. 왜냐하면 그를 보고 있는 사람이 아무도 없었으니 말이다.

시간은 아직 밤 열시밖에 안 되었는데도, 비가 섞여 불어오는 찬바람 때문에 길을 가는 사람들의 모습은 거의 보이지 않았다.

다부진 체격에 약간 어깨를 흔들며 걷는 이 경관은 능란한 솜씨로 경찰봉을 빙빙 돌리기도 하고, 집집마다 문단속이 잘됐는지 조사하기도 하며, 때로는 조용한 한길로 경계의 시선을 던지기도 했다.

그 모습은 보기에 평화의 수호자 그대로였다. 이 부근은 아침도 이르지만 밤도 빨랐다. 간혹 담뱃가게나 철야 영업 식당의 불빛만 보일 뿐, 대부분은 사무실이어서 잠겨 있었다.

어느 길가 중간쯤 다다르자, 경관은 갑자기 걸음을 늦추었다. 불이 꺼진 철물점 입구에 불이 붙지 않은 담배를 입에 문 사나이가 서 있었던 것이다. 경관이 다가가자 그 사나이는 허둥지둥 말을 건넸다.

「아무것도 아닙니다요, 경관님. 친구를 기다리고 있을 뿐입니다. 20년 전에 한 약속이죠. 이렇게 말하면 좀 이상하게 생각하실 테죠? 사실인지 확인하시겠다면, 말씀드릴 수 있습니다요. 20년 전, 지금 이 가게가 서 있는 곳엔 음식점이 있었습니다. '빅 조의 브라디 레스토랑' 이라는 가게였지요.」

안심시키듯이 그는 말했다.

「그거라면 5년 전까지 있었지. 그 뒤에 헐려 버렸네.」

경관은 말했다.

입구에 서 있던 사나이는 담배에 불을 붙였다. 그 불빛으로 턱이 모난 창백한 얼굴과 날카로운 눈과 오른쪽 눈썹 가까이에 작은 상처 자국이 보였다. 넥타이핀은 묘하게 생긴 큰 다이아몬드였다.

「20년 전의 오늘 밤……」

사나이는 다시금 말했다.

「나는 지미 웰즈하고 빅 조의 브라디 레스토랑에서 함께 식사를 했죠. 지미는 나하고 제일 친한 녀석으로 세상에서 제일 좋은 녀석이었죠. 지미하고 나는 뉴욕에서 형제처럼 자랐습니다. 내가 열여덟, 지미는 스무 살이었어요. 이튿날 아침 나는 한 밑천 잡으려고 서부로 떠나기로 되어 있었습니다만. 지미를 뉴욕에서 끌어낼 수는 도저히 없었죠. 놈은 이 고장만이 사람이 사는 곳이라고 생각하고 있었으니까요. 그래서 우리는 그날 밤 약속한 겁니다. 어떤 처지에 놓이더라도, 또 아무리 먼 곳에 있더라도 20년 후 오늘, 이 시간에 여기서 만나자고요. 20년이나 지나고 보면 어떤 사람이 되어 있을지는 몰라도 우리 운명도 정해져 있을 테고, 출세도 했을 거라고 생각한 겁니다요.」

「퍽 재미있는 얘기군. 그렇지만 다시 만나는 기간이 너무 길었던 것 같군. 자네가 서부로 떠난 뒤에 그 친구한테서 소식은 있었나?」

「있었죠. 얼마 동안은 서로 편지를 주고받았습니다. 그런데 한 해 두 해가 지나는 사이에 그만 소식이 끊기고 말았죠. 그럴 수밖에, 서부란 엄청 큰 덩어리니까요. 게다가 나는 분주하게 여기저기 뛰어다니고 있었단 말씀입니다. 그렇지만 만일 살아 있기만 한다면, 지미는 날 만나러 틀림없이 이리 올걸요. 그 녀석은 거짓말을 안 하는 의리의 사나이니까요. 그 친구가 약속을 어길 리 없습니다요. 난 오늘 밤 이 집앞에 서 있기 위해 천 마일이나 먼 곳에서 왔습니다만, 그 녀석이 와주기만 한다면 그만한 보람이 있는 셈이지요.」

친구를 기다리고 있는 사나이는 근사한 회중시계를 꺼내어 시간을 보았다. 뚜껑에는 작은 다이아몬드가 박혀 있었다.

「열시 삼분 전이군요. 우리가 이 음식점 앞에서 헤어진 것이 정각 열시였죠.」

그가 말했다.

「서부에선 재미 좀 봤나?」

경관이 물었다.

「물론이죠! 지미가 내 절반만이라도 잘하고 있으면 좋겠군요. 그런데 그 녀석은, 사람은 틀림없지만 워낙 꼼꼼해서요. 난 남의 재산마저 가로채는 빈틈없는 놈들과 맞서지 않으면 안 되었단 말씀입니다. 사람을 면도날처럼 날카롭게 만드는 곳은 역시 서부거든요.」

경관은 경찰봉을 빙글빙글 돌리며 몇 걸음 걷기 시작했다.

「자아, 난 그만 가겠네. 자네 친구가 틀림없이 와줬으면 좋겠군. 약속 시간까지만 기다릴 건가?」

「아뇨.」

상대방은 다시금 말했다.

「그렇지는 않죠. 적어도 삼십분은 더 기다릴 겁니다. 지미가 어딘가 살아 있기만 한다면, 그때까지는 틀림없이 올 테니까요. 안녕히 가시오, 경관 나리.」

「잘 있게.」

경관은 이렇게 말하고 이따금 집집의 대문을 조사하면서 순찰 구역을 지나갔다.

가늘고 차가운 안개비가 내리고, 가끔 변덕을 부리며 불고 있던 바람이 끊임없이 불어오고 있었다. 그 근처를 걷고 있는 얼마 안 되는 통행인은 외투 깃을 세우고 주머니에 손을 넣으며 우울하게 입을 다문 채 종종걸음으로 걸어갔다. 그리고 철물점 앞에는 청년시절의 한 친구와의 약속을 지키기 위해 천 마일이나 먼 곳에서 찾아온 사나이가 담배를 피우며 기다리고 있었다.

그는 그 후로도 이십분쯤 더 기다렸다. 그러자 그때 오버 깃을 귓가까지 세운 키 큰 사나이가 건너편에서 빠른 걸음으로 건너왔다. 그는 기다리고 있는 사나이 쪽으로 곧장 다가왔다.

「자네가 보브인가?」

그는 의심스러운 듯이 말을 걸었다.

「지미 웰즈인가?」

입구에 서 있던 사나이가 외쳤다.

「이거 놀랐는데! 분명히 보브군. 네가 살아만 있다면 틀림없이 올 거라고 믿었지. 잘됐어, 정말 잘됐어. 20년이란 긴 세월이지. 그 음식점은 없어져 버렸네, 보브. 그 집이 아직 남아 있었으면 좋았을 텐데. 그러면 둘이서 함께 식사를 할 수 있는데. 그래, 서부는 어땠나?」

방금 온 사나이가 상대방의 두 손을 잡고 외쳤다.

「멋진 곳이지. 필요한 것은 무엇이건 손에 들어오니까. 그건 그렇고 자네 굉장히 변했군, 지미. 자네가 나보다 이삼 인치나 키가 크리라곤 꿈에도 생각지 않았어.」

「스무 살이 지나서 키가 더 자라더군.」

「뉴욕에선 잘하고 있나, 지미?」

「그저 그렇지. 시청에 근무하고 있다네. 자 가세, 보브. 내가 알고 있는 데로 가서 옛날 이야기라도 천천히 하세.」

두 사나이는 팔을 끼고 행길로 나섰다. 서부에서 온 사나이는 자신의 성공에 자만심이 부풀어올라, 자기의 체험담을 대충 말했다. 상대방 사나이는 외투에 파묻혀 흥미 있게 그 이야기를 듣고 있었다.

길모퉁이에 전등이 밝게 빛나고 있는 약국이 있었다. 그 불빛 속으로 들어가자 두 사람은 동시에 서로의 얼굴을 쳐다보았다.

서부에서 온 사나이는 갑자기 걸음을 멈추고 끼고 있던 팔을 풀면서 말했다.

「자넨 지미 웰즈가 아냐. 20년은 긴 세월이지만, 사람의 코를 매부리코에서 사자코로 바꿀 만큼 길진 않지.」

「20년이란 세월은 때때로 착한 사람을 악한 사람으로 바꾸는 수도 있어. 자네는 십분 전부터 이미 체포되어 있었네, '실키' 보브. 시카고 경찰에선 자네가 이쪽으로 왔을지도 모른다고 전보를 보냈단 말야. 얌전히 따라올 테지? 그게 몸에 좋을 거야. 그런데 경찰서로 가기 전에 자네에게 전해 달라고 부탁받은 편지가 있어. 이 진열장 앞에서 읽어보지 그래. 순찰계 웰즈 경관의 편지야.」

서부에서 온 사나이는 그가 건네주는 종이쪽지를 펼쳤다. 침착하던 그의 손이 편지를 읽기 시작했을 무렵에는 약간 떨리고 있었다.

보브에게

나는 약속한 시간에 약속 장소에 갔었네. 자네가 담배에 불을 붙이려고 성냥을 켰을 때, 나는 자네가 시카고에서 지명수배중인 자인 걸 알았네. 자네를 직접 체포할 수 없지 않은가. 그래서 경찰서로 돌아가 사복형사에게 부탁한 것일세.

손질이 잘된 램프

물론 이 문제에는 두 가지 면이 있다. 이제 그 중에서 한 면을 살펴보기로 하자. 우리는 흔히 '점원 아가씨' 라는 말을 듣는다. 그러나 사실 그런 부류의 여자들이 따로 존재하는 것은 아니다. 그들은 상점에서 일을 하며 생계를 유지해 나가고 있을 뿐이다. 어째서 그들의 직업이 형용사로 쓰인다는 말인가? 자, 사물을 공평하게 생각해 보자. 맨해튼의 5번가 아가씨들을 가리켜 우리는 '결혼 아가씨' 라고 부르지는 않는다.

루와 낸시는 다정한 친구였다.

그들은 고향에서 먹고 살기가 어려워 일자리를 찾아서 이 도시로 왔다. 낸시는 열아홉 살, 루는 스무 살이었다. 두 사람 다 예쁘고 활달했으나, 그렇다고 배우가 돼서 돈을 벌 생각이라곤 조금도 없는 시골 처녀들이었다.

　다행히 두 아가씨들은 싸고도 조촐한 하숙을 발견했다. 그리고 두 사람 모두 일자리를 구해서 급료를 받게 되었다. 그들은 여전히 사이가 좋았다. 이들이 이 도시에 온 지 6개월이 지나 일어난 일들을 독자 여러분에게 소개해야겠다. 자, 이쪽은 참견하기 좋아하는 독자이고, 그리고 이쪽은 나의 숙녀 친구인 낸시 양과 루 양. 독자 여러분은 이 두 아가씨들과 악수하시는 동안 그들의 옷차림을 눈여겨보기 바란다. 그렇다, 조심스럽게. 왜냐하면 이 아가씨들은 누가 빤히 쳐다보면 마치 말 품평회의 관람석에 앉아 있는 숙녀처럼 화를 낼 테니까 말이다.

　루는 세탁소에서 다리미질을 하고 있다. 그녀는 몸에 잘 맞지 않는 자주색 옷을 입고 있으며, 4인치나 되는 긴 깃털이 달린 모자를 쓰고 있다. 그녀가 두르고 있는 흰 담비 모피 토시와 목도리는 25달러짜리이지만, 철이 지날 무렵이면 진열장에서 7달러 95센트의 정가표가 붙는다. 그녀의 두 뺨은 발그레하며 옅은 푸른빛의 두 눈은 반짝이고 있다. 그녀의 얼굴에는 만족스런 빛이 감돌았다.

　낸시는 여러분이 부르는 대로 '점원 아가씨'이다. 무슨 유형이 따로 있는 것은 아니지만, 괴곽스런 세상 사람들은 항상 유형을 찾는다. 유형이란 바로 이런 것이다,라고 말이다. 낸시의 머리 스타일은 퐁파두르식이었고 앞머리 쪽을 시원스럽게 올렸다. 스커트는 값싼 것이었지만, 맵시 있는 플레어가 달려 있었다. 그녀는 쌀쌀한 봄바람으로부터 몸을 보호해 줄 모피 외투를 입지는 않았지만, 마치 페르시아 산양의 털이라도 되는 듯이 포플린 천으로 된 짤막한 재킷을 입고 있었다.

유형을 찾는 어느 누가 보더라도 그녀의 얼굴과 눈에는 전형적인 '점원 아가씨'의 표정이 감돌았다. 그것은 바로 기만당하는 여성 일반에 대한 경멸에 찬 무언의 반항과 앞으로 다가올 복수에 대한 슬픔에 찬 예언의 표정이었다. 그녀가 큰소리로 웃을 때조차도 이 표정은 사라지지 않았다. 이런 표정은 가난한 러시아 농민들의 눈동자에서도 볼 수 있다. 그리고 어쩌면 이 표정은 어느 날엔가 우리의 자손들이 우리를 꾸짖기 위해 하계할 가브리엘 천사의 얼굴에서 발견하게 될 그런 표정이었다. 그것은 남자들을 우울하고 무안하게 만드는 표정이다. 하지만 남자란 모두 그런 표정을 능청스럽게 웃어 넘기며 꽃다발을 안겨 줄 것이다.

자, 이제 모자를 집어 들고 이 아가씨들과 작별 인사를 나눌 때가 왔다. 루는 「다시 뵙겠어요」 하고 명랑하게 인사를 하고, 낸시는 비웃는 듯하면서도 달콤한 미소를 지으며 마치 지붕 위의 별나라로 날아가는 흰 나비처럼 아쉽게 떠나가고 있다.

두 아가씨는 길 모퉁이에서 댄을 기다리고 있었다. 댄은 루의 착실한 남자 친구였다. 그는 성모 마리아가 잃어버린 새끼 양을 찾으려고 열두 명의 하인을 부를 때라면 언제든지 항상 그 옆에 기다리고 서 있을 그런 젊은이였다.

「낸시, 춥지 않니? 이 바보야, 어쩌자고 너는 겨우 일주일에 8달러를 받고 그런 낡은 가게에서 일하는 거니! 난 지난주에 18달러 50센트나 벌었단 말이야. 물론 다리미질하는 일은 진열장 뒤에 서서 레이스를 파는 것처럼 멋진 일은 아니지만 돈벌이는 좋지. 다리미질하는 사람치고 일주일에 10달러를 못 버는 사람이 없다구. 더구나 다리미질한다고 창피한 것도 아닌데.」

루가 말했다.

「너나 그런 일을 하렴. 난 주급 8달러와 지금 세들어 있는 조그만 방이면 만족해. 난 멋진 상품과 멋진 손님들과 어울리는 게 좋으니까. 게다가 기회는 얼마나 좋다고! 얼마 전에도 장갑 매장의 아가씨 하나는 피츠버그 사람과 결혼했는데, 뭐 제강업자라든가 철공장 주인이라든가⋯⋯. 어쨌든 돈 많은 백만장자라나 봐. 나도 언젠가 그런 멋진 사람을 만날 거야. 난 내 얼굴에 대해서 자만하고 있지는 않아. 하지만 아주 근사한 기회가 생기면 어김없이 그 기회를 잡을 생각이야. 그렇지만 세탁소에서 다리미질이나 하는 여자한테 무슨 기회가 오겠니?」

하고 낸시는 큰소리로 말했다.

「하지만 난 거기서 댄을 만났는걸. 그 사람은 일요일에 입는 셔츠와 칼라를 찾으러 왔다가 맨 앞쪽 다리미대에서 다리미질을 하고 있던 나를 본 거야. 우린 누구나 맨 앞쪽 다리미대에서 일하고 싶어하지. 그 날은 앨러 매기니스라는 애가 몸이 아파서 쉬는 바람에 내가 그 자리를 차지했지 뭐야. 댄은 첫눈에 내 팔이 눈에 띄었대. 저렇게 토실토실하고 하얀 팔도 있나 하고 말이야. 난 그때 소매를 걷어올리고 있었거든. 세탁소엔 가끔 멋진 사람들이 찾아온단다. 옷을 여행 가방 속에 넣어 가지고는 느닷없이 들어오는 것을 보면 금방 알 수 있거든.」

하고 루는 의기양양하게 말했다.

「루, 넌 어쩌면 그런 드레스를 걸치고 있니? 그야말로 꼴불견이구나.」

하고 낸시는 눈살을 찌푸린 채 그녀의 볼품없는 드레스를 내려다보며 말했다.

「이 드레스가? 이래봬도 16달러나 주었다구. 사실은 25달러짜리거든. 어떤 여자 손님이 세탁하라고 맡겨 놓곤 찾아 가지 않자, 주인이 나한테 팔았지 뭐야. 이것은 하나하나 수를 놓은 거야. 네가 입고 있는 그 꼴사나운 싸구려 옷은 또 어떻구.」

하고 루는 화가 치밀어 눈을 크게 뜨고 말했다.

「이 보기 흉한 싸구려 옷은 말이야, 밴 앨스타인 피셔 부인이 입은 옷을 본따서 만든 거야. 우리 가게 아가씨들 얘기로는 부인이 작년에 우리 백화점에서 사 간 물건 값이 무려 1만 2천 달러나 된다나. 이건 내가 직접 만든 거야. 1달러 50센트 들여서 말이야. 10피트만 떨어져서 보면 그 부인 옷과 조금도 다를 게 없어.」

「오, 그래. 멋부리다가 굶어 죽어도 좋다면야 할 수 없지. 하지만 난 지금 하고 있는 일이나 하면서 보수나 넉넉히 받을 테야. 그리고 일이 끝난 뒤엔 내 주머니 사정이 허락하는 범위 내에서 멋지고 예쁜 옷을 사 입겠어.」

하고 루는 너그럽게 말했다.

바로 그때 댄이 나타났다. 그는 기성품 넥타이를 맨 성실한 청년으로, 도시 청년에게서 흔히 보게 되는 경박함 같은 것은 찾아 볼 수 없었다.

일주일에 30달러를 받는 전기 기술자인 그는 로미오와 같은 슬픈 눈으로 루를 바라보며, 그녀의 수놓은 옷이 마치 파리가 걸릴 거미줄 같다고 생각했다.

「이분은 오웬즈 씨, 내 친구 댄포스와 악수하세요.」

하고 루가 말했다.

「만나게 돼서 매우 반갑습니다, 댄포스 양. 루한테 말씀 많이 들었습니다.」

하고 댄이 손을 내밀며 말했다.

「고맙습니다. 저도 루한테 말씀 많이 들었어요…….」

하고 낸시는 차가운 손끝으로 댄의 손끝만을 살짝 잡고 악수를 하며 말했다.

루는 킬킬거리고 웃었다.

「낸시, 그 악수도 밴 앨스타인 피셔 부인한테서 배운 거니?」

「그렇다고 해두렴. 하지만 너도 배워 두면 손해보지는 않을걸.」

「아니, 나는 필요없어. 나에게 어울리지 않아. 그런 고상한 악수는 다이아몬드 반지를 자랑할 때나 하는 악수니까. 다이아몬드 반지를 산 다음에나 배울게.」

「악수하는 것부터 먼저 배우렴. 그래야 반지를 갖게 될걸.」

하고 낸시가 말했다.

「자아, 논쟁은 그만 합시다.」

하고 댄은 언제나처럼 유쾌한 미소를 띠면서 말을 이었다.

「제가 제의를 하나 하겠습니다. 진짜 다이아몬드를 낀 사람과 악수를 할 수 없다면, 무대 위의 다이아몬드라도 구경하는 것이 어떨까요?」

착실한 신사는 차도 가까이로 걸어가고, 그 옆에는 공작처럼 밝고 멋진 옷을 입은 루가 걸어갔다. 그리고 길 제일 안쪽으로는 날씬한 몸매에 참새처럼 수수한 옷을 입은 낸시가 진짜 밴 앨스타인 피셔 부인의 걸음걸이로 걸어갔다.

이렇게 세 사람은 조촐하게 저녁을 보내기 위해 발걸음을 옮기고 있었다.

백화점을 하나의 교육 기관으로 보는 사람은 많지 않다. 그러나 낸시가 근무하고 있는 백화점은 그녀에게 교육기관이나 다름이 없었다.

그녀는 고상한 취미와 세련된 분위기를 자아내는 아름다운 물건들에 둘러싸여 있었다. 사치스런 분위기에서 살고 있으면 자신이 돈을 치르건 남이 치르건 간에 사치가 몸에 배는 법이다.

그녀가 대하는 대부분의 손님들은 옷이나 태도나 사회적 위치에 있어서 수준급으로 꼽힐 만한 부인들이었다. 낸시는 그런 부인들에게서 최상이라고 여겨지는 것들을 하나하나 배우기 시작했다.

어떤 부인에게서는 몸짓을, 또 어떤 부인에게서는 멋지게 눈썹 치켜올리는 법을, 또 다른 부인에게서는 걸음걸이를, 손지갑을 다루는 법을, 미소짓는 법을, 친구와 인사하는 법을, 아랫사람들에게 건네는 말투를 배워서 익혔다.

그녀가 가장 존경하는 밴 앨스타인 피셔 부인으로부터는 은그릇처럼 맑고 티티새의 울음소리처럼 발성이 완벽한, 부드럽고도 나지막한 목소리를 배웠다. 이런 상류 사회의 세련되고 우아한 분위기 속에서 생활하고 있는 낸시는 이런 것들로부터 많은 영향을 받았다. 훌륭한 습관은 훌륭한 원칙보다 낫다는 말이 있듯이, 아마도 훌륭한 예절이야말로 훌륭한 습관보다 나은 모양이다.

어느 누구도, 부모의 가르침으로 뉴잉글랜드의 양식을 계속 지킬 수는 없는 법이지만, 어쩌면 딱딱한 등받이 의자에 앉아서 '프리즘과 필그림'이라는 말을 40번쯤 되풀이하면 악마도 떨어져 나갈 것이다. 마찬가지로 낸시는 밴 앨스타인 피셔 부인의 말투를 흉내내어 말할 때마다 마치 귀부인이 된 것 같은 짜릿한 감정을 느끼는 것이었다.

이 큰 백화점 학교에서는 그 밖에도 배울 점이 또 하나 있었다. 여

점원 아가씨들이 서너 명씩 모여서 쇠줄로 만든 팔찌를 짤랑거리며 잡담을 하고 있을 때, 그들이 그저 에텔의 뒷머리 모양이나 이러쿵저러쿵 꼬집고 있다고 생각해서는 안 된다.

그런 모임은 남성들의 신중한 모임과 같은 권위는 없을지 모르지만, 이브와 그 맏딸이 이마를 맞대고 앉아 아담한테 가정에서의 그의 위치를 납득시키기 위해 의논할 때처럼 중요한 의미를 지닌다. 그것은 '세계 및 남성에 대한 공동 방위 및 전술 이론 교환을 위한 여성 회의'라고나 할까. 물론 여기서 세계란 무대와 남성, 그리고 무대에 계속 꽃다발을 던지는 관객들이다. 그리고 여성이란 어린 동물 중에서도 가장 연약한 것, 새끼 사슴처럼 우아하나 날쌔지 못하고, 새처럼 아름다우나 하늘 높이 날아갈 힘이 없으며, 꿀벌처럼 따끔한 꿀단지를 지니고 있으나…… 이런 비유는 집어치우기로 하자. 우리 남성 중의 누군가는 이미 찔렸을지도 모르니까 말이다.

이런 작전 회의에서 그들은 서로의 무기를 전하며 저마다 생활 전략에서 고안해 낸 전술을 교환한다.

「난 그 사람에게 이렇게 말하곤 하지.」

하고 새디가 계속해서 말했다.

「당신이 풋내기가 아니고 뭐예요! 내가 누군 줄 알고 그렇게 말을 해요? 내가 그랬더니 그가 뭐라고 그랬는지 아니?」

갈색 머리, 검은 머리, 아마빛 머리, 붉은 머리, 금발 머리들이 일제히 끄덕이면 해답이 나오고, 이제부터 공동의 적인 남성과의 싸움에서 각자가 이 방법을 사용할 것이다.

이렇게 낸시는 방어기술을 배웠는데, 여성에 있어서 슬기로운 방어는 곧 승리를 의미한다.

백화점 학교의 교과 과정은 매우 광범위하다. 여자의 인생 설계, 즉 성공적인 결혼을 백화점만큼 잘 지도하는 학교는 없을 것이다.

백화점 안에서 그녀가 일하는 판매장은 아주 좋은 곳에 위치해 있었다. 레코드 매장이 바로 가까이에 있어서 그녀는 대작곡가의 작품에도 친숙해질 수 있었다. 적어도 그녀가 장차 발을 들여놓으려고 하는 사교계에서 음악 감상가로 통할 수 있는 정도의 지식을 갖게 된 것이다.

그 밖에도 도자기며, 값비싸고 멋진 옷감이며, 그리고 여성에게 거의 교양이라고 할 만한 여러 가지 장식품 등에 대해서도 교육적인 영향을 받게 되었다.

다른 여자들은 곧 낸시의 야심을 알아차렸다. 멋있는 남자가 낸시의 매장 가까이 다가오면 아가씨들은 「얘, 네가 좋아하는 백만장자가 왔어, 낸시」하고 말하곤 했다.

같이 온 여성들이 물건을 고르고 있는 동안 남자들은 습관적으로 손수건 매장으로 다가와서 서성거린다. 남을 흉내내어 익힌 낸시의 점잖은 기품과 그녀의 타고난 미모가 사람들의 시선을 끌었기 때문이다. 그래서 많은 남성들이 그녀 앞에서 점잔을 피웠다. 그 중에 정말로 백만장자가 있었는지는 모르지만, 대부분의 사람들은 애써 백만장자처럼 보이려는 시늉을 해 보였다. 낸시는 그것을 가려낼 수 있게 되었다. 손수건 진열장 끝에는 창문이 있어, 거기에서 내려다보면 길 아래에 물건 사러 들어온 손님을 기다리며 늘어선 자동차가 보였다. 그녀는 자동차에 따라 주인도 저마다 다르다는 사실을 알고 있었다.

언젠가는 멋있게 생긴 신사가 손수건을 네 다스나 사면서, 마치 거지 아가씨와 결혼했다는 코페투어 왕과 같은 태도로 카운터 너머의 그녀에게 청혼한 적이 있었다. 그 신사가 떠나자 한 아가씨가 이렇게 말했다.

「낸시, 너 어떻게 된 거 아냐? 그 사람을 냉대하다니, 내가 보기엔 꽤 괜찮은 사람 같던데.」

「그 사람이? 그 사람은 내가 원하는 타입이 아니야. 그 사람이 밖에 자동차를 세우고 내리는 것을 보았거든. 겨우 12마력짜리 자동차에다 아일랜드 운전사였어. 그리고 그 사람이 어떤 손수건을 샀는지 알아? 실크야! 게다가 그 사람은 손가락을 앓고 있었어. 진짜가 아니면 소용없어.」

하고 낸시는 냉담하면서도 태연하게 밴 앨스타인 피셔 부인 같은 미소를 지으며 말했다.

백화점에서 가장 세련된 여성 두 사람, 즉 매장감독과 출납계원은 이따금 함께 식사하는 '멋진 신사 친구들'이 있었다.

하루는 저녁 식사 자리에 낸시도 초대를 받은 적이 있었다. 섣달

그믐날 밤에 식사를 하기 위해서는 일 년 전에 예약해 두지 않으면 안 되는 호화로운 식당이었다. 그 두 신사 친구 중 한 사람은 머리카락이 하나도 없는 대머리였다. 또 다른 신사는 젊은이로, 재산과 유식함이라는 두 가지 무기를 가지고 상대방에게 좋은 인상을 심어 주려고 했다.

이를테면 그는, 모든 포도주는 다 코르크 냄새가 난다고 유식을 떨었고, 소매 끝에는 다이아몬드 커프스 단추를 부착해서 재산을 자랑했던 것이다. 이 청년은 낸시에게서 대단한 매력을 발견했다.

그는 점원 아가씨들을 좋아했다. 그런데 지금 여기에, 자신이 속하는 고급 사교계의 음성과 예법에다 점원 아가씨 신분 특유의 솔직한 매력을 지닌 여성이 눈앞에 나타난 것이다. 그래서 그 다음날 그는 백화점에 나타나 표백한 아일랜드 린넨으로 된, 가장자리를 뜬 손수건 한 상자를 사면서 그녀에게 진지하게 구혼을 했다. 그러나 낸시는 거절했다.

갈색 퐁파두르 형 머리를 한 점원 아가씨가 10피트쯤 떨어진 곳에서 이곳을 향해 귀를 기울이고 있었다. 구혼자가 거절을 당하고 가 버리자 그 여자는 낸시에게 다가와서 비난과 노여움을 퍼부었다.

「이 바보야! 저 사람은 백만장자란 말이야. 바로 거부 밴 스킬틀즈 노인의 조카야. 그리고 그 사람은 진심인 것 같던데. 낸시, 너 머리가 어떻게 된 거 아니니?」

「내가?」

하고 낸시가 계속해서 말했다.

「내가 그 사람을 잘못 봤다고? 그 사람은 네가 말하는 것처럼 그렇게 대단한 부자는 아니야. 용돈으로 1년에 2만 달러밖에 받지 않는단 말이야. 저녁 식사를 할 때 대머리의 남자가 말해 줬어.」

갈색 머리를 퐁파두르 형으로 한 아가씨는 낸시에게 바짝 다가와서 눈을 가늘게 떴다.

「넌 도대체 어떤 사람을 바라는 거니? 그것 가지고는 충분하지 않단 말이지? 모르몬교 신자가 되어 록펠러와 글래드스턴과 스페인 왕을 모두 한데 합쳐 결혼하고 싶어서 그러니? 1년에 2만 달러 가지고는 부족하단 말이야?」

하고 그녀는 겁을 못 썼어서 그런지 쉰 목소리로 말했다.

낸시는 상대의 기분 나쁜 말에 얼굴을 약간 붉혔다.

「돈 때문만은 아니야, 캐리. 어젯밤 식사를 할 때, 그 사람은 거짓말을 하다가 친구한테 들켰어. 그건 어떤 여자 이야기였는데, 그 사람은 그녀와 극장 구경을 간 일이 없다고 거짓말을 한 거야. 글쎄, 난 거짓말쟁이는 참을 수 없어. 한 마디로 말해서, 난 그 사람이 싫어. 난 나 자신을 싸구려 헐값으로 팔진 않을 작정이야. 어쨌든 난 남자답고 의젓하고 멋진 사람을 구할 거야. 저금통처럼 소리만 요란한 그런 남자는 싫단 말이야.」

하고 낸시는 말했다.

「너 같은 애는 정신병원에나 가야겠다!」

하고 말하고는 퐁파두르 머리를 한 아가씨는 가 버렸다.

낸시는 비록 주급 8달러로 생활하였지만 이런 높은 이상을, 아니 고상한 생각을 키워 나가고 있었다. 그녀는 미지의 결혼 상대자를 찾기 위해 끼니를 굶으면서까지 노력했다. 그녀의 얼굴에는 타고난 남자 사냥꾼에게서 볼 수 있는 씩씩하고 귀엽고 냉혹한 미소가 희미하게 떠올랐다.

백화점은 그녀의 사냥터였으며 그녀는 크고 멋진 뿔을 가진 사냥감을 발견하고는 몇 번이나 겨누었지만 언제나 마음 깊숙이 자리잡고 있는 정확한 본능, 어쩌면 사냥꾼이나 여성 특유의 본능이 방아쇠에 대고 있는 손을 멈추게 하고 계속해서 다시 추적하도록 만드는 것이었다.

한편 루는 세탁소에서 착실하게 지내고 있었다. 주급 18달러 50센트 중에서 방값과 식사비로 6달러를 지불하고 나머지 돈은 주로 옷값으로 썼다.

취미와 격식을 높여 주는 기회로 말하자면, 낸시와 비교할 때 거의 없다고 해도 좋을 것이다. 수증기가 자욱한 세탁소에서는 오직 일만 할 뿐이었다. 그리고 저녁에 있을 즐거운 일들을 상상하면서 시간을 쫓았다. 그녀의 다리미 밑에는 값비싸고 화려한 옷감이 스쳐 나갔으며, 어쩌면 그녀가 옷에 대해 점점 애착을 갖게 된 것도 비싼 옷을 다루는 다리미를 통해서인지 모른다.

댄은 밖에서 그녀가 끝나기를 기다리고 있었다. 그는 마치 그녀를 따라다니는 충실한 그림자 같았다.

　가끔씩 그는 스타일보다는 오히려 색깔에 있어서 화려해져 가는 그녀의 옷차림을 걱정스러운 눈초리로 바라보았다. 그렇다고 그의 마음이 변해서 그러는 것은 아니었다. 다만 길거리를 지날 때 그녀가 사람들의 시선을 끄는 게 불쾌할 뿐이었다.

　루는 여전히 낸시에게 다정한 친구였다. 댄과 놀러 갈 때는 반드시 낸시와 함께 가는 것이 습관처럼 되었다. 댄은 낸시 때문에 생기는 부담을 진심으로 기꺼이 받아들였다. 말하자면 이들 세 사람은 일종의 삼총사로서, 루는 화려함을, 낸시는 부드러움을, 그리고 댄은 중량감을 지니고 있었다.

　말쑥하지만 기성복 티가 나는 양복에 기성 넥타이를 매고 항상 상냥하고 유별나지 않은 위트의 소유자인 댄은 아주 성품이 좋아서 그들과 함께 있는 동안에는 잊어버리기 쉬운 존재였지만 헤어지면 눈앞에 선하게 떠오르는 사람이었다.

　낸시의 고급스런 취미로 본다면 이런 단순함은 때때로 좀 쓸쓸한 맛을 감돌게 하였다. 그러나 그녀는 아직 나이가 젊었고, 젊음이란 미식가가 되지 못할 때는 대식가가 되는 법이다.

　「댄은 나더러 늘 당장 결혼해 달라는 거야. 하지만 난 아직 결혼할 생각이 없어. 난 혼자 살 수 있어. 내가 버는 돈으로 내가 쓰고 싶은 대로 마음껏 쓸 수 있고. 결혼하고 나면 그이는 내가 일하는 것을 반대할 거야. 참 그건 그렇고, 넌 제대로 못 먹고 못 입으면서 그런 보잘것없는 백화점에 매달려 있는 거니? 너만 원한다면 지금 당장이라도 세탁소에 일자리를 하나 얻어 줄게. 너도 돈을 많이 벌게 되면 지금처럼 거만하게 되지는 않을 것 같아.」

하고 루는 언젠가 낸시에게 말했다.

「난 내가 거만하다고 생각하지 않아, 루. 하지만 난 밥을 반 그릇만 먹더라도 지금 있는 곳에서 일할 테야. 내가 바라는 것은 기회야. 나라고 언제까지나 진열장 뒤에 서 있을 생각인 건 아니야. 난 무엇인가 새로운 것을 배우는 중이지. 난 항상 돈 많고 세련된 사람들을 대하는걸. 비록 그 사람들 시중을 들고 있을 뿐이지만 말이야. 그리고 나는 내 주위에서 일어나는 어떤 일도 놓치지 않아.」

하고 낸시가 말했다.

「아직도 백만장자를 못 잡았단 말이니?」

하고 루는 놀려대듯이 웃으며 말했다.

「아직 선택을 못했어. 계속 그런 사람을 찾고 있는 중이야.」

하고 낸시는 대답했다.

「뭐, 찾고 있는 중이라구? 돈이 조금 모자란다고 해서 그 남자를 바람맞히는 건 아니겠지? 백만장자가 우리 같은 일을 하는 여자를 거들떠볼 리가 있겠니?」

「우리 같은 여자들을 거들떠보는 편이 그 사람들한테도 좋을걸. 우리들한테서 돈을 간수하는 법을 배워야 할 테니 말이야.」

하고 낸시는 냉정하게 말했다.

「만약 백만장자가 나에게 말을 걸어오면…… 아마 난 까무러칠 걸.」

하고 루가 웃으며 말했다.

「그건 네가 백만장자를 몰라서 그래. 부자와 가난한 사람을 구별하려면 가까이 가서 주의 깊게 관찰해야 돼. 그런데 지금 네가 입고 있는 빨간색 실크 안감은 그 코트에는 너무 밝지 않니, 루?」

그러자 루는 낸시가 입고 있는 수수하고 칙칙한 올리브 빛깔의 재킷을 보았다.

「글쎄, 이미 네가 입고 있는 색깔 바랜 옷과 비교해 보면 그렇게 보일 거야.」

「이래봬도 이 재킷으로 말하면…….」

하고 낸시는 자신만만한 투로 계속해서 말했다.

「며칠 전 밴 앨스타인 부인이 입었던 옷과 똑같이 만들었다고. 옷감 값으로 3달러 98센트가 들었어. 아마 그 부인 것은 이것보다 100달러는 더 주었을 거야.」

「오, 그래. 그 옷은 백만장자를 낚을 만한 옷 같지는 않은데. 어쩌면 너보다 내가 먼저 백만장자를 낚을지 모르겠다, 얘.」

하고 루가 가볍게 말했다.

지금 이 두 친구가 주장하고 있는 견해 중에서 어느 쪽이 더 가치 있는지를 결정하려면 아마 철학자가 필요할 것 같다. 루는 상점이나 사무실에서 일하면서 최저의 생활을 하고 있는 아가씨들처럼 자존심과 괴팍성을 갖고 있지 않았으므로, 소란하고 숨막히는 세탁소에서 다리미질을 하며 유쾌하게 시간을 보낼 수 있었다.

그녀는 편안히 살아가면서도 여유가 있었다. 그래서 그녀는 남은 돈을 옷치장하는 데 썼다. 따라서 조금도 한눈을 판 적이 없이 언제나 변함없이 루를 사랑하는 댄의 단정하지만 멋없는 옷차림에 때로는 짜증을 낼 때가 있었다.

낸시로 말하면, 그녀의 경우는 백에 하나라고 할까, 아주 드물었다. 교양 있고 취미가 고상한 상류 사회 사람들이 사용하는 실크, 보석, 레이스, 장식품, 향수, 음악…… 이런 모든 것들은 바로 여성을 위해서 만들어진 것들로서 그녀 자신도 이런 것들을 마땅히 차지해야 한다고 생각하고 있었다. 그런 것들을 생활의 일부라고 생각하였고, 또한 그녀가 그런 것들을 원한다면 그녀를 그런 것들 곁에 있게 해주면 된다고 믿었다. 그녀는 에서(구약성서에 나오는 이삭의 장남. 팥죽 한 그릇에 동생 야곱에게 상속권을 양도했다 함)와는 달리 자신을 팔지는 않았다. 그녀는 수입이 적어도 자기의 장자권(長子權)을 지켜 나갔다.

낸시에게는 오히려 이런 분위기가 잘 어울렸다. 이런 생활에서 싼 음식을 먹으면서 자신이 입고 있는 싸구려 옷을 만족스러운 기분으로 훑어보았다.

그녀는 이미 여성에 대하여 알고 있었으며, 지금은 남성이라는 동물의 습성과 감정을 연구하고 있는 중이었다. 언젠가 때가 되면 그녀가 쫓고 있던 사냥감을 쏘아 넘어뜨리게 될 것이다. 그러나 그 사냥감은 최고이어야지, 그 이하는 절대로 선택하지 않겠다고 다짐했다. 그래서 그녀는 신랑을 맞이하기 위해 자신의 등불을 잘 손질하여 언제든지 사용할 수 있도록 준비하고 있었다.

그러나 그녀는 어쩌면 자신도 모르는 사이에 또 하나의 다른 교훈을 배우게 되었다. 다시 말해서, 그녀가 지니고 있던 가치 기준이 조금씩 변하기 시작했던 것이다. 가끔씩 마음의 눈에 달러 위주의 가치 기준표가 흐려지고, 대신 '진실'이라든지 '정절', 때로는 '친절'과 같은 단어로 변하는 것이었다.

굉장히 큰 숲에서 큰 사슴을 쫓고 있는 사냥꾼 한 사람을 예로 들어보자. 그 사냥꾼은 사냥 도중에 이끼가 끼고 나무들이 무성한 작은 골짜기와, 거기에서 졸졸 흐르고 있는 작은 시냇물을 발견했을 때 휴식과 위안을 느끼게 된다. 이런 때는 뛰어난 사냥꾼 니므롯의 창끝도 무디지게 마련이다.

그래서 낸시는 값비싼 페르시아 양피 가죽도 그것을 사용하는 사람들에 의해 시장 가격이 매겨지는 것이 아닌가 하고 때때로 생각하는 것이었다.

어느 목요일 저녁, 백화점을 나온 낸시는 6번가를 가로질러 서쪽에 있는 루의 세탁소로 가고 있었다. 그녀는 루와 댄과 함께 뮤지컬 코미디를 보러 가기로 되어 있었다.

그녀가 세탁소에 도착하자, 댄이 세탁소에서 막 나오고 있었다. 그런데 그의 얼굴에는 이상하고 긴장된 표정이 감돌고 있었다.

「혹시 루에게서 무슨 소식이라도 들었나요?」

하고 덴이 말했다.

「루가 세탁소에 없나요?」

하고 낸시가 물었다.

「알고 계신 줄 알았는데요. 루는 월요일부터 이 가게에도 없고 하숙집에도 없습니다. 짐을 모두 옮겨갔어요. 세탁소에서 같이 일하는 한 아가씨에게 유럽으로 간다고 말했답니다.」

하고 댄이 말했다.

「아무도 그 애를 보지 못했나요?」

하고 낸시가 물었다. 댄은 입을 꼭 다문 채 침착한 잿빛 눈으로 날카롭게 그녀를 바라보았다.

「세탁소 사람들이 그러는데, 어제 그녀가 자동차를 타고 지나가는 것을 보았답니다. 당신과 루가 늘 말하던 백만장자 중의 한 사람하고 말입니다.」

댄의 말에 낸시는 처음으로 남자 앞에서 기가 꺾였다. 그녀는 가늘게 떨리는 손으로 댄의 옷소매를 잡았다.

「댄, 당신은 나한테 그렇게 말할 권리가 없어요. 마치 내가 이 일에 관계가 있는 것처럼 말이에요.」

「그런 의미는 아니었습니다.」

하고 댄은 태도를 누그러뜨리며 말했다. 그는 조끼 주머니에서 무엇인가를 열심히 찾았다.

「오늘 저녁 극장 표가 있습니다.」

하고 댄은 아주 밝은 표정을 지으며 말했다.

「만약 당신이⋯⋯.」

낸시는 남자가 배짱이 있는 것을 보면 언제나 마음에 들었다.

「댄, 함께 가겠어요.」

하고 그녀가 말했다.

낸시가 루를 다시 만난 것은 3개월이 지나서였다. 어느 날 저녁 황혼이 질 무렵, 낸시는 조용하고 작은 공원길을 따라 서둘러 집으로 돌아가고 있었다.

그런데 누군가가 자기 이름을 부르는 소리가 들려 뒤돌아보니, 루가 그녀의 두 팔 안으로 뛰어들어왔다.

이렇게 서로 포옹하고 난 뒤, 그들은 마치 당장에라도 상대에게 덤벼들거나 아니면 상대편을 꼼짝 못하도록 위협하는 뱀처럼 그렇게 머리를 뒤로 젖힌 채, 그 동안의 안부를 물었다. 낸시는 루가 부유하게 생활하고 있다는 것을 알았다. 그녀가 입고 있는 값비싼 모피 코트며 휘황찬란한 보석들, 그리고 재단사의 솜씨가 발휘된 옷차림이 그것을 증명해 주었다.

「이 바보야! 아직까지 너 그 백화점에서 일하고 있구나. 그렇게 초라한 꼴로 말이야. 대어를 낚겠다고 하더니 어떻게 되었니? 아직 아무것도 낚지 못한 게로구나?」

하고 루는 큰소리로 말했다.

　그러나 루는 낸시에게서 물질적 풍요 이상의 그 무엇이 생겼다는 것을 알 수 있었다. 두 눈은 보석보다 더 빛났고, 두 뺨은 장미보다 더 붉었으며, 혀끝에는 마치 전기처럼 짜릿한 그 무엇이 간직돼 있었다.

　「그래, 아직도 백화점에서 일해. 하지만 다음주에 그만둘 생각이야. 나는 이 세상에서 가장 큰 고기를 낚았거든. 루, 이제 너한테는 상관없겠지? 난, 댄…… . 그래, 댄하고 결혼하게 됐어. 그는 이제 나의 댄이야.」

하고 낸시는 말했다.

　머리를 짧게 깎고 얼굴이 반질반질한 젊은 경관 한 사람이 공원 모퉁이에서 순찰을 돌고 있었다. 값비싼 모피 외투에 다이아몬드 반지를 낀 어느 여인이 공원 철책에 기대어 흐느끼며 울고 있었고, 바로 그 옆에는 수수한 옷차림의 점원 아가씨처럼 보이는 젊은 여자가 울고 있는 여인을 달래고 있는 모습이 보였다. 그러나 경관은 이 광경을 못 본 체하며 그냥 지나갔다. 왜냐하면 경관의 힘으로는 이런 문제에 어떤 도움도 줄 수 없다는 것을 잘 알고 있었기 때문이었다. 그는 야경봉으로 보도를 두들겨댔으며, 그 소리는 밤하늘에 높이 울려 퍼졌다.

되찾아진 개심

간수 한 사람이 교도소 구두공장으로 왔다. 공장에서는 지미 발렌
타인이 부지런히 구두를 꿰매고 있었다.

간수는 지미를 바깥 사무실로 데리고 갔고, 이곳에서 교도소장은
지미에게 그날 아침 지사가 사인한 사면장을 넘겨주었다.

지미는 그것을 별로 달갑지 않은 듯이 받았다. 4년 형기 중 벌써 10
개월 가까이 그곳에서 생활한 것이다. 오래 있어 봤자 고작 3개월 정
도면 될 것이라 생각하고 있었는데 말이다.

지미 발렌타인처럼 바깥 세상에 많은 동료를 가지고 있는 사람이
라면, 교도소에 들어와도 굳이 번거롭게 머리를 짧게 깎을 필요가 없
을 터였다.

「이봐, 발렌타인. 너도 내일 아침엔 출감이야. 마음을 고쳐먹고 참

된 인간이 되어야지. 자넨 본심이 나쁜 사람이 아냐. 금고털이 따윈 이제 그만 두고 정직하게 살아가라구.」

소장이 그에게 말했다.

「저 말인가요? 소장님, 전 여지껏 금고 따윈 털어본 적이 없는걸요.」

지미는 깜짝 놀란 투로 말했다.

「응, 그렇지.」

소장은 웃으면서 말을 이었다.

「물론 그럴 테지. 그렇다면 왜 그 스프링필드 사건으로 송치돼 왔지? 사회의 점잖은 분에게 어떤 혐의가 돌아갈까 봐 자진해서 알리바이를 대려고 하지 않았기 때문인가? 아니면 그저 심술궂은 늙은 배심원들이 네게 원한을 품고 있었기 때문이란 말인가? 자네같이 엉뚱한 피해자라고 떠벌리는 사람들은 보통 이 둘 중에 하나 때문이더군.」

「내가요? 하지만 소장님, 난 이제껏 스프링필드 따위엔 가본 적이 없습니다요.」

자미는 여전히 시치미를 떼고 말했다.

「데려가, 크로닌. 그리고 나갈 때 입을 옷을 주라고. 내일 아침 일곱시가 되거든 감방을 비우고 대기실로 데려와. 내 충고를 잘 생각해 두는 게 좋을걸, 발렌타인.」

소장은 웃으면서 말했다.

이튿날 아침 7시 15분이 지나 지미는 소장실에 서 있었다. 몰골 사나운 기성복을 입고 가죽 소리가 요란한, 단단한 구두를 신고 있었다. 정부가 석방되어 가는 출감자에게 지급해 주는 물건이었다.

직원이 그에게 기차표와 5달러 지폐 한 장을 넘겨주었다. 이것으로 법률은 그에게 선량한 시민으로 돌아가 성공해 주기를 기대하는 것이다.

소장은 시가를 한 개비 주고 악수까지 해주었다. 죄수번호 제 9762호는 명부에 '주지사에 의한 사면' 이라 기록되었고, 이리하여 지미 발렌타인은 햇빛 속으로 걸어나갈 수 있었다.

참새 소리도, 바람에 흔들리는 푸른 나무들도, 꽃향기도 젖혀놓고 지미는 곧장 길가에 있는 레스토랑으로 향했다. 이곳에서 그는 달콤한 자유의 첫 기쁨을 닭고기와 백포도주 한 병으로 맛보았다. 그리고는 시가를 한 개비 피워 물었다. 소장이 준 것보다 훨씬 고급품이었다.

레스토랑에서 나오자 그는 천천히 역으로 향했다. 역앞에 앉아있는 장님거지의 모자 속에 25센트짜리 하나를 던져넣어주고는 기차를 탔다.

3시간쯤 뒤 주(州) 경계선과 가까운 어떤 작은 마을에 도착했다. 그리고는 마이크 돌런이라는 사나이의 가게로 가서 마이크와 악수했다. 그는 카운터 건너에 혼자 있었다.

「미안하네, 지미. 좀더 빨리 빼내 주질 못해서. 그렇지만 스프링필드에서 굉장한 항의가 들어와서 말야. 그래서 지사녀석, 까딱하면 꽁

무늬를 뺄 뻔했다구. 그래, 기분은 어떤가?」

마이크가 말했다.

「아아, 괜찮아.」

지미는 다시금 덧붙였다.

「내 열쇠 갖고 있나?」

그는 열쇠를 받아 이층으로 올라가 가장 안쪽에 있는 방문을 열었다. 모든 것이 그 때 그대로였다. 바닥에는 아직 벤 프라이스의 칼라 단추가 떨어져 있었다. 그들이 지미를 깔아뭉개고 체포할 때 그 형사가 입고 있던 와이셔츠 깃에서 떨어져나간 것이다.

벽에서 접는 침대를 꺼낸 다음, 지미는 벽의 판자 한 장을 빼내어 먼지를 뒤집어쓴 가방을 꺼냈다. 가방을 연 그는 기막힌 금고털이 도구를 그리운 듯이 넋을 잃고 바라보았다.

그것은 무엇 하나 부족함이 없는 완전한 세트로서, 특별 제작된 강철로 이루어져 있었다. 드릴, 천공기, 송곳, 마치, 나선형의 송곳까지 모두가 최신식의 것들이었으며, 게다가 지미가 직접 고안해낸 것도 몇 가지 있는데, 이는 그가 자랑하는 물건들이었다.

이런 것만을 전문적으로 필요로 하는 사람들을 위해서 만들어 주는 곳에서 9백 달러 이상이나 들여 만들게 했던 것이다.

삼십분쯤 지난 뒤 지미는 이층에서 내려왔다. 그 때는 이미 몸에 딱 맞는 옷을 입고, 손에는 먼지를 털고 정성껏 닦은 그 가방을 들고 있었다.

「왜 일이라도 하러 가나?」

마이크는 상냥한 목소리로 물었다.

「내가 말인가?」

지미는 당혹스러운 투로 계속해서 말했다.

「무슨 말이십니까? 나는 뉴욕의 쇼트 스넵 비스킷 크래커와 소맥분 합동 회사에서 온 사람입니다.」

이 말에 마이크는 큰 소리로 웃었다. 덕분에 지미는 그 자리에서 샐처 밀크를 한 잔 마셔야 했다. 그는 결코 독한 술에는 손을 대지 않았다.

발렌타인이 석방된 지 알주일 뒤에 기막힌 솜씨의 금고 강도 사건이 인디애나 주 리치몬드에서 있었다. 범인의 단서는 하나도 없었고 불과 8백 달러였지만, 금고 안의 돈이 깨끗이 사라져 버렸다.

그로부터 이주일 뒤에 역시 인디애나 주 로건즈포트에서 개량형 도난 방지용 금고가 마치 치즈처럼 간단하게 열린 채 1천 5백 달러의 현금이 도난당했다. 유가증권이나 은화에는 손도 대지 않고 말이다.

경찰 당국은 긴장하기 시작했다. 그리고 제퍼슨 시티에 있는 은행의 구식 금고가 마치 화산처럼 열려 그 분화구는 5천 달러나 되는 돈 뭉치를 뿜어 올렸다. 이제는 피해액이 상당했으므로 이 사건은 벤 프라이스 형사에게 맡겨지게 되었다.

벤 프라이스는 도난현장을 조사하고 다녔다. 여러 피해 보고서를 조사해 본 결과 금고털이 수법에 공통점이 있다는 것을 발견했다.

「이건 멋쟁이 지미 발렌타인의 수법이야. 녀석, 또 일을 시작했군. 비오는 날 무라도 뽑듯이 손쉽게 해치웠단 말야. 그는 언제나 구멍을 하나밖에 안 뚫어. 역시 놈의 소행이 분명해. 이번에야말로 놈을 다부지게 처넣어 줄 테다. 단기형이니, 사면이니 따윈 안 통할걸.」

벤 프라이스는 지미의 수법을 알고 있었다. 금고를 터는 즉시 멀리 도피, 재빠른 도주, 공범자가 없다는 것, 상류사회에 취미를 가지고 있는 것…… 이런 수법 탓에 발렌타인은 언제나 교묘하게 법망에서 몸을 피하는 인물로 유명했다.

벤 프라이스가 금고털이의 추적을 개시했다는 것이 발표되자 도난 방지용 금고를 가지고 있는 다른 사람들도 이제 마음을 놓게 되었다.

어느 날 오후 지미 발렌타인이 여행 가방을 들고 엘모어 거리에 내렸다. 아칸소 주의 떡갈나무가 무성한 지방의 철도에서 5마일이나 떨어진 곳에 있는 작은 고장이었다.

지미는 마치 고향으로 돌아온 대학 4학년의 운동선수처럼 호텔 쪽을 향해 걸어갔다.

한 젊은 여자가 모퉁이에서 그를 앞질러 그대로 건물 안으로 들어갔다. 그 건물 입구에는 '엘모어 은행'이라는 간판이 붙어 있었다.

발렌타인은 그녀와 눈이 마주치자 전혀 다른 사람이 되었다. 여자 쪽도 눈을 내려뜬 채 약간 얼굴을 붉혔다. 지미 같은 옷차림과 용모의 젊은이는 엘모어에서 보기 드물었던 것이다.

지미는 은행 층계를 서성대고 있는 한 소년의 멱살을 잡았다. 마치 은행의 주주라도 되는 것처럼 빈둥거리는 아이였다. 지미는 돈을 주며 아이에게 그 고장에 대해 이것저것 묻기 시작했다.

그러고 있는데 조금 전의 젊은 여자가 나왔다. 여행가방을 든 이 젊은이 따위는 안중에도 없다는 태도였다.

「저 아가씨는 포리 심프슨 아냐?」

지미는 시치미를 떼고 물었다.

「아니에요.」

소년은 다시금 덧붙였다.

「저 여잔 애너벨 애딤스예요. 저 여자 아버지가 이 은행에 있다구요. 그런데 아저씨, 엘모어에 무슨 일로 왔죠? 그건 금으로 된 시곗줄이에요? 난 불독을 사고 싶은데. 돈 더 없나요?」

지미는 브란더즈 호텔로 가서 숙박부에 랄프 D. 스펜서라고 쓰고는 방을 하나 예약했다. 그리고 프론트에 기대어 호텔 지배인에게 용건을 말했다.

「내가 엘모어에 온 것은 장사를 시작하고 싶기 때문이오. 구두점을 하고 싶은데 과연 돈벌이가 될 것 같소?」

지배인은 지미의 옷차림과 태도에 감동받았다. 그 자신도 엘모어의 젊은이들에게 있어 유행의 전형 같은 존재였지만, 이제는 자기의 부족함에 대해 여러모로 깨닫게 되었기 때문이다. 그는 지미가 맨 넥타이를 보면서 공손하게 아는 대로 말했다.

「아무렴요, 구두 같으면 전망이 좋습니다. 이곳엔 전문 구두점이 없으니까요. 직물점과 잡화점에서 취급하고 있을 뿐이지요. 그러니 이곳에 자리를 잡으셔도 괜찮을 겁니다. 여긴 살기도 좋고 사람들도 모두 친절하답니다.」

「그럼 이곳에 며칠 머물러 보지요. 보이는 부르지 않아도 좋소, 이 가방은 내가 들고 올라가겠소.」

지미 발렌타인이라는 죽은 재——갑자기 타오른 사랑의 불길에 의해 타다 남은 잿더미——안에서 일어난 불사조 랄프 스펜서는 엘모어에 살면서 사업에 성공했다. 구두점이 아주 잘된 것이다.

그는 이웃과 교제도 잘하여 많은 친구가 생겼다. 그리고 소원도 이루어졌다. 애너벨 애덤스 양과 사귀게 된 것이다. 더한층 그녀의 매력에 사로잡히게 되었다.

1년이 지난 뒤 스펜서는 그 고장 사람들의 존경을 받았고, 가게도 잘 되었다. 애너벨과는 약혼도 이루어져 이주일 뒤에는 결혼하기로 되어 있었다. 애너벨 역시 스펜서를 사랑했다.

그는 애덤스 씨의 가정에서도, 또한 이미 출가한 애너벨 언니의 집에 가서도 마치 가족의 일원처럼 행동했다.

어느 날 지미는 편지 한 장을 써서 센루이즈에 사는 옛 친구에게 보냈다.

그리운 친구에게
이번 수요일 밤 9시에 아칸소 주의 수도인 리틀 로크의 살리반 상점에서 만나고 싶네. 내 일의 뒤처리 좀 해 줘야겠어. 그리고 내 도구 한 벌도 자네에게 주고 싶네. 아마 기꺼이 받아 주리라 생각하네. 1천 달러를 들여도 이것과 똑같은 것은 만들 수 없을 테니까.

빌리, 나는 그 일을 이제 그만 두었다네. 1년 전에 말야. 지금은 기막힌 가게를 갖고 있다네. 착실한 생활을 하고 있는 거지. 그리고 앞으로 이주일 뒤에는 이 세상에서 가장 멋진 여자와 결혼하게 된다네.

나는 이제 1백만 달러를 준다고 해도 남의 돈엔 한 푼도 손을 대고 싶지 않다네. 결혼하면 모든 걸 정리하고 서부로 갈 생각이야. 그곳이라면 옛날의 잘못을 캐낼 사람이 없을 테니까. 빌리, 그 여자는 그야말로 천사 같은 아가씨야. 나를 완전히 믿고 있지. 그래서 나는 이제 온 세계를 준다고 해도 나쁜 짓은 하고 싶지 않네. 꼭 와주게나. 꼭 만나야 하니까 말야. 도구는 그 때 가져가겠네.

옛 친구 지미로부터

지미가 이런 편지를 쓴 뒤인 월요일 밤 벤 프라이스 형사는 마차를 타고 몰래 엘모어 거리로 들어왔다. 그리고 여느 때처럼 조용히 거리를 돌아다니며 자기가 알고 싶은 것을 모두 찾아냈다.

스펜서 구두점 건너편에 있는 약국에서 그는 스펜서를 주의깊게 바라보고 있었다.

'은행가의 딸과 결혼한다구, 지미?'

벤은 속으로 조용히 속삭였다.

'글쎄, 그게 과연 가능할까?'

그 다음날 아침 지미는 애덤스의 집에서 아침 식사를 했다. 그날은 리틀 로크에 가서 결혼식에 입을 옷을 맞추고, 애너벨에게 선물을 사 줄 예정이었다.

　그가 이 고장 밖으로 나가는 것은 엘모어에 온 지 1년 만에 처음 있는 일이었다. 게다가 '본업'에서 손을 뗀 지 벌써 1년 반 이상이 지나고 있었다. 그러니 좀 멀리 나가도 괜찮으리라 생각한 것이다.

　아침 식사가 끝나고 애덤스 씨, 애너벨, 지미 그리고 애너벨의 결혼한 언니와 다섯 살, 아홉 살 된 그녀의 두 딸이 집을 나섰다.

　일행은 지미가 묵고 있는 호텔 근처까지 왔다. 그러자 지미는 방으로 뛰어올라가 여행가방을 가지고 왔고, 그들은 모두 은행으로 갔다. 그곳에는 정거장까지 지미를 태우고 갈 마차와 마부 돌프 깁슴이 기다리고 있었다.

　그들은 조각품이 진열되어 있는 홀을 지나 사무실로 들어갔다. 물론 지미도 함께였다. 그도 그럴 것이 애덤스 씨의 사윗감은 그 고장 어디에서나 환영받았기 때문이다.

　은행원들은 애너벨 양과 결혼할 이 멋지고 상냥한 청년의 인사를 받고 모두들 기뻐했다. 지미는 손에 든 가방을 내려놓았다. 행복감과 젊음에 마음이 들떠 있던 애너벨은 지미의 모자를 쓰고는 가방을 들어올리며 말했다.

　「어때요? 멋진 세일즈맨 같죠?」

　그리고 애너벨이 덧붙였다.

「어머나! 랄프, 이거 굉장히 무겁네요. 마치 금덩어리라도 들어 있는 것 같아요.」

「주석으로 도금한 구둣주걱이 잔뜩 들어 있지.」

지미는 차분한 목소리로 말을 이었다.

「반품을 하려고. 직접 가져가면 운송비가 절약될 테니까. 요즘 난 어지간히 절약가가 됐다구.」

엘모어 은행은 새로운 금고실을 설치한 지 얼마 되지 않았다. 애덤스 씨는 그것을 굉장히 자랑스럽게 생각하여 만나는 사람마다 모두 보여 주었다. 금고실은 비록 작았지만, 최근에 특허를 받은 문이 달려 있었다. 그것은 세 개의 단단한 강철 빗장을 손잡이 하나로 열 수 있는 것으로서 시한 자물쇠가 달려 있었다.

애덤스 씨는 눈을 반짝이며 열심히 그 장치를 스펜서에게 설명했으나, 스펜서는 예의적인 관심만 나타냈을 뿐, 관심이 많은 것 같지는 않았다. 두 아이들인 메이와 아가다는 번쩍거리는 금속과 기묘한 모양의 시계, 손잡이 따위를 보며 재미있어했다.

사람들이 이러고 있는 사이에 벤 프라이스는 어슬렁어슬렁 은행으로 들어와 팔꿈치에 몸을 기댄 채 안을 엿보고 있었다. 창구의 출납원에게는 아는 사람을 기다리는 중이라고 해두었다.

그런데 갑자기 날카로운 비명 소리가 들리고 대소동이 벌어졌다. 어른들이 모르는 사이에 메이가 장난으로 아가다를 금고 안에 가두어 버리고 만 것이다. 그리고는 조금 전 애덤스 씨가 한 대로 빗장을 잠그고 손잡이를 돌렸다.

늙은 은행가는 허둥지둥 뛰어가서 열심히 손잡이를 잡아당겨 보았다.

「이 문이 열릴 리가 없어. 시한 장치는 잠겨져 있지 않고, 자물쇠도 맞춰져 있지 않단 말야.」

그는 신음하면서 말했다.

그러자 아가다의 어머니는 히스테릭한 비명을 질렀다.

「조용히 해!」

애덤스 씨는 이렇게 말하고 부들부들 떨리는 손을 들었다.

「모두들 잠시 조용히 해요.」

그는 큰소리로 계속해서 말했다.

「아가다! 할아버지가 하는 말을 잘 들어야 해!」

모두들 숨을 죽이며 기다리고 있자, 캄캄한 금고 안에서 공포에 질린 나머지 마구 울며 외치고 있는 어린아이의 목소리가 어렴풋이 들려왔다.

「내 딸이…… 아가다! 저 애 겁에 질려 죽을 거야! 어서 문을 열어 줘요! 남자 분들, 그래 속수무책이란 말인가요?」

아가다의 어머니는 울부짖었다.

「리틀 로크까지 가지 않고는 이 문을 열 수 있는 사람이 없어.」

애덤스 씨가 떨리는 목소리로 계속해서 말했다.

「큰일 났군! 스펜서, 어떻게 하지? 저 애는 오래 견디지 못할 거야.

공기도 별로 없고, 게다가 겁에 질려 경련을 일으킬지 모른단 말야.」

아가다의 어머니는 미친 듯이 두 손으로 금고 문을 두드리고 있었다. 그러자 누군가가 다이너마이트를 써보자고 말했다.

애너벨은 지미 쪽으로 돌아섰다. 그 커다란 눈동자는 절망적인 빛은 아니었지만 고뇌에 넘쳐 있었다. 여자는 자기가 사랑하는 남자의 힘으로 할 수 없는 불가능한 일은 있을 수 없다고 생각하는 법이다.

「어떻게 안 될까요, 랄프? 어떻게 해보세요, 네?」

그러자 지미는 그녀를 바라보고는 기묘하고 상냥한 미소를 입술과 예리한 눈에 띠었다.

「애너벨.」

그는 다시금 말했다.

「당신이 달고 있는 그 장미꽃을 내게 주지 않겠소?」

잘못 들은 것이 아닐까 자기의 귀를 의심하면서도 그녀는 장미꽃 봉오리를 드레스에서 빼내어 그의 손에 놓았다. 지미는 그것을 조끼 주머니에 넣고는 윗옷을 벗어던지고 와이셔츠 소매를 걷어올렸다. 그러자 랄프 스펜서는 사라지고 지미 발렌타인이 나타났다.

「모두들 문 앞에서 떨어져 주시오.」

그는 짤막하게 명령했다. 그러고는 여행가방을 테이블 위에 올려놓고 열었다. 그때부터 그는 주위에 있는 사람들을 의식하지 않는 것처럼 보였다. 그는 번쩍거리는 이상한 연장을 재빨리 순서 있게 놓으면서 조용히 휘파람을 불기 시작했다. 일에 착수할 때 언제나 그렇게 했던 것이다.

다른 사람들은 아무 말 없이 꼼짝도 하지 않고 그를 바라보고 있었다. 그 모습은 마치 마술에라도 걸린 것 같았다.

곧 지미가 애용하는 드릴이 강철문 안으로 미끄러지듯 파들어갔다. 그리고 지금까지의 금고털이 기록을 깨뜨려 십분 만에 빗장을 열고 문을 열었다.

아가다는 거의 탈진상태였으나, 어머니의 팔에 힘껏 안겼다.

지미 발렌타인은 윗옷을 입자 사무실에서 나와 밖으로 향했다. 도중에 귀에 익은 목소리가 「랄프!」하고 부르는 것을 들은 것 같았다. 그러나 그는 조금도 망설이지 않고 곧장 걸어나갔다.

문 앞에는 몸집이 큰 사나이가 지미의 길을 가로막고 서 있었다.

「여어, 벤! 안녕하시오?」

지미는 사나이에게 말했다. 그때도 여전히 그 야릇한 미소를 띠고 있었다.

「드디어 냄새를 맡았군. 그렇다면 같이 가야지.」

그러자 벤 프라이스는 아주 괴상한 행동을 해 보였다.

「뭔가 잘못 알고 계시는 것 같군요, 스펜서 씨.」

그는 다시금 덧붙였다.

「나는 당신을 모릅니다. 저기, 당신 마차가 기다리고 있군요.」

이렇게 말을 한 벤 프라이스는 몸을 돌려 천천히 거리를 따라 사라져갔다.

운명의 충격

'수많은 공원 가운데에는 귀족풍의 공원이 있거니와, 공원에서 기생하고 있는 부랑자들 가운데에도 귀족풍의 부랑자가 있는 법이다.'

밸런스는 그것을 알고 있었다고 하기보다는 오히려 그런 생각이 들었는데, 이제껏 속했던 세계에서 카오스의 세계로 내려섰을 때, 그는 곧장 메디슨 광장으로 갔다.

여학생처럼——결국 옛날 식의 여학생처럼——아직 풋풋한 내음을 풍기는 싱그러운 5월이 싹을 내뿜기 시작한 나무들 사이로 찬바람을 보내왔다.

밸런스는 윗옷 단추를 잠그고 담배에 불을 당기고는 벤치에 걸터앉았다. 그리고 3분쯤 생각에 잠겼다. 그가 지니고 있던 1천 달러 중에서 유일하게 남은 1백 달러를 경관한테 벌금으로 빼앗긴 탓으로 그의 마지막 드라이브도 끝장이 나버리고 만 것이다.

이윽고 그는 주머니를 모두 뒤져보았다. 그러나 단 1센트도 손에 잡히지 않았다. 그는 그날 아침 아파트에서 나왔다. 가구는 이미 빚 담보물로 넘어가 버렸다. 옷도 지금 입고 있는 것 외에는 급료 대신 심부름꾼에게 주어 버렸다.

그래서 이렇게 앉아 있는 그에게는 침대 하나, 전차를 타기 위한 동전 한 개, 단춧구멍에 꽂을 카네이션 하나 없었다. 친구에게 의지하든가 사기라도 친다면 문제는 다를 테지만, 그는 이 공원을 선택하였다. 그가 이렇게 된 것은 백부가 그에게서 상속권을 빼앗고, 이제까지 보내오던 넉넉한 생활비마저 끊어 버리고 아무것도 주지 않게 되었기 때문이었다.

그 모든 원인은 조카인 그가 어떤 여자 문제로 백부의 명령에 따르지 않은 데 있었다.

하지만 그 여자는 이 이야기에 등장하지 않는다. 그런즉 그런 이야기를 꼬치꼬치 캐려는 독자는 제발 더 이상 읽지 않기를 바란다.

조카는 또 하나 있었다. 다른 분가(分家)의 조카로서, 전에는 이 백부의 상속인으로 인정되어 총애를 받았다. 그런데 몇 년 전에 집을 나간 뒤로는 생사를 알 수가 없었다. 그래서 이번에 수사망이 펼쳐져 그 사나이를 찾고 있는 중이었다. 다시금 전의 자격을 주고 원래의 위치에 앉히려는 것이다.

이리하여 밸런스 쪽은 루시퍼(성서에 나오는 인물)처럼 화려하게

나락 밑으로 굴러 떨어져, 이 작은 공원에서 누더기를 걸친, 망령(亡靈)들의 벗이 된 것이다.

그는 앉은 채 딱딱한 벤치 위에서 마음껏 몸을 뒤틀고 웃으면서 담배연기를 후우하고 나뭇가지 쪽으로 뿜어냈다. 이제까지의 인생의 모든 줄이 갑자기 끊어진 탓으로 무언가 자유롭고 욱씬욱씬하는 것 같은, 기쁘다고조차 말할 수 있는 양양한 기분이 들었기 때문이다. 그 심정은 이제 곧 기구(氣球)를 탈 사람이 줄을 끊고 그대로 바람에 날려갈 때의 상쾌함과 같았다.

시간은 밤 열시가 되려는 무렵이었다. 눈에 띄는 부랑자는 별로 없었다. 공원에 살고 있는 무리들은 늦가을의 추위에는 완고하게 저항하는 반면에 봄의 냉랭한 전초전에는 좀체로 방어를 하지 않는 법이다.

드디어 한 사람이 분수 근처의 벤치에서 일어서더니 밸런스 곁에 와서 앉았다. 젊은 사람 같기도 하고, 나이가 들어 보이기도 했다. 사나이의 몸에서는 쾨쾨한 냄새가 풍겼다. 면도와 빗질을 한 지도 상당히 오래된 듯했다. 술조차도 악마의 보세창고 안에서 병에 담긴 채 봉인되어 있었다.

사나이는 성냥을 빌려 달라고 말했다. 그것은 공원 벤치에 기생하는 자들 사이에서 첫대면의 인사였다. 그리고 사나이는 말하기 시작했다.

「당신 이곳 단골이 아니구먼? 맞춤양복은 보면 금방 알 수 있지. 공원을 빠져나가는 도중 보나마나 잠깐 발걸음을 멈춘 것일 테지? 얘기를 좀 해도 되겠나? 난 누군가하고 같이 있지 않곤 도저히 못 배긴다구. 겁이 나서 말야. 도무지 겁이 나서. 지금도 저기 있는 게으름뱅이 녀석들하고 얘기를 하고 오는 길이지. 놈들은 날 미치광이로 알고 있어. 아무튼 들어보라구. 오늘 내가 입에 댄 것은 브레첼 두 개하고 사과 한 개뿐이지. 그런데 내일이면 3백만 달러의 유산을 상속받게 된다구. 그렇게 되면, 보라구, 자동차가 늘어서 있는 가게 있지? 저런 곳에서 식사를 하는 것도 따지고 보면 너무 싸구려야. 당신도 내 말을 믿지 못하는 건가?」

「아니, 천만에요. 나 역시 어제는 저 집에서 식사를 했지. 그런데 오늘 밤엔 한 잔에 5센트짜리 커피조차 살 수 없는 처지니까.」

밸런스는 웃으면서 말했다.

「당신은 아무래도 우리와 같은 부류의 사람처럼 보이지 않는군. 그렇지만 그럴 수도 있을 테지. 나 역시 전엔 꽤 괜찮았었어. 하긴 벌써 몇 년 전의 일이지만 말야. 그런데 당신은 왜 그런 곳에서 내쫓겼지?」

「나는 직업을 잃은 셈이지.」

밸런스는 말했다.

「피도 눈물도 없는 지옥이라니까, 이 거리는.」

그 사나이는 다시금 말했다.

「오늘 차이나 접시로 기막힌 식사를 하고 있나 싶으면, 내일은 싸구려 식당에서 밥을 먹고 있는 판이니까. 난 그 동안 무척 고생해왔지. 5년 동안 거지나 마찬가지였으니까. 호화롭게 살며 일을 안 해도 얼마든지 먹고 살 수 있었는데도 말야. 이왕 나온 얘기니까 속시원하게 얘기하지. 누군가한테 얘기를 하지 않고는 도저히 견딜 수가 없어. 왜냐구? 난 무섭다구, 무섭단 말야. 내 이름은 아이드야. 당신 그 폴딩이라는, 그 왜 리버사이드 드라이브의 백만장자가 내 백부라고는 생각조차 못할 테지? 그런데 사실이라구. 옛날엔 나도 그 저택에 살았어. 돈은 필요한 만큼 받았었지. 그런데 술 몇 잔 마실 돈 좀 갖고 있나? 에에, 당신 이름이 뭐였지?」

「도슨이라구.」

밸런스는 이렇게 말하고 덧붙였다.

「아니, 없는데. 재정적으로 무일푼이라서 말야.」

「난 일주일 내내 디비전 스트리트에 있는 지하석탄장에서 살고 있지.」

아이드는 또다시 말을 이었다.

「같은 부랑자 친구하고 말야. 달리 갈 곳이 없었으니까. 그런데 오늘 내가 밖에 나와 있는 사이에 어떤 녀석이 서류를 들고 찾아와선 내게 볼일이 있다는 거야. 보나마나 형사라고 생각했기에 날이 저물 때까지 그곳에 가지 않았지. 그랬더니 편지를 써놓고 갔더라고. 에에, 도슨, 편지는 그 유명한 변호사 미드한테서 온 것이었어. 난 그 놈의 간판을 앤 스트리트에서 본 일이 있지. 폴딩이 다시 돌아오라고 보낸 것이더군. 돌아와서 다시 한번 백부의 유산 상속인이 되라는 거야. 그래서 난 내일 아침 열시에 변호사 사무실로 가기로 했다구. 다시 옛 둥지로 돌아가는 거지. 3백만 달러짜리 상속인이라구, 도슨. 그리고 해마다 1만 달러씩 용돈을 쓸 수 있는 거야. 그래서 난 무서운 거라구. 못 견디게 무섭다는 거야.」

그 부랑자는 벌떡 일어서더니 떨리는 두 팔을 머리 높이 올렸다. 그리고는 숨을 죽이고 히스테리컬하게 신음했다.

밸런스는 사나이의 팔을 잡아 억지로 벤치에 앉혔다.

「조용히 해! 남들이 들으면 자네가 재산을 상실했다고 생각할걸. 자네가 그것을 손에 넣으려고 하고 있는 게 아니고 말야. 도대체 뭐가 무서운 거지?」

그는 명령하듯 말했다. 그 말투에는 혐오 비슷한 것이 배어 있었다.

아이드는 벤치 위에서 몸을 움츠리며 떨고 있었다. 그러더니 밸런스의 소매에 와락 매달렸다. 그리하여 브로드웨이의 불빛이 비치는 그 어두운 빛 속에서도 방금 상속권을 취소당한 밸런스는 그 사나이의 이마에 무언가 야릇한 공포에 의해 짜내지고 있는 땀방울을 뚜렷이 볼 수가 있었다.

「그럴 수밖에 없는 것이, 아침이 오기 전에 무슨 일이 일어나는 게 아닐까 하는 두려움이 드는 걸 어쩌나? 그게 뭔지는 모르지만 말야. 아무튼 내가 그 재산을 물려받지 못하게 하려는 것 말야. 나무가 쓰러져 죽을지도 모르지. 마차에 치여 죽을지도 모르고 말야. 돌이 지붕에서 떨어질지도 모를 일이지. 전엔 무섭다고 생각한 적이 한 번도 없었어. 이 공원에선 백 번이나 더 잠을 잤어. 아침밥을 어디서 먹게 될지 모르는 판인데도 아주 마음이 편했지. 그런데 지금은 다르다구. 난 돈이 필요해. 돈이 손가락 사이에서 흘러 넘칠 정도가 돼서 모두들 내게 구십도 각도로 절을 하고, 음악이나 꽃이나 예쁜 옷에 둘러싸이면, 난 하느님처럼 행복해질 거야. 그런 세계에서 소외된 사실을 체념하고 있는 동안엔 별로 그 일에 신경을 쓰지 않았지. 누더기를 걸치고 고픈 배를 움켜쥐고 여기 앉아 분수 소리를 듣거나, 차가 달리고 있는 걸 바라보는 것만으로도 얼마든지 행복했었어. 그런데 돈이 또다시 내 손이 닿는 데까지 찾아온 거야. 바로 곁에까지 말야. 그리 되고 보니 난 열두 시간이나 기다려야 된다는 사실이 견딜 수 없다네, 도슨. 견딜 수가 없다구. 기다리고 있는 사이에 어떤 재난이 생길지 두렵고 말이야. 내가 장님이 될지도 모르고, 혹시 심장마비를 일으킬지도 모르지. 난 모처럼의 돈을……」

아이드는 또다시 벌떡 일어나면서 날카로운 외침 소리를 냈다. 사람들이 벤치 위에서 몸을 움직여 이쪽을 보기 시작했다.

밸런스는 상대방의 팔을 잡았다.

「자아, 걷기로 하세.」

그는 무서움에 떨고 있는 사나이를 진정시키기 위해 다시 말했다.

「그리고 차분해지는 거야. 조금도 흥분하거나 겁먹을 필요는 없다구. 자네한텐 아무 일도 일어나지 않을 테니까. 오늘 밤 역시 다른 때의 밤과 하나도 다를 게 없다구.」

「글쎄.」

아이드는 다시 부탁했다.

「오늘 밤은 나하고 같이 좀 있어 주게, 도슨. 부탁이라구. 잠시 근처를 함께 걸어 달라구. 이렇게 진이 빠진 건 처음이야. 웬만한 충격은 다 겪은 나인데도 말이야. 이봐, 뭔가 먹을 것 좀 구할 수 없을까? 머리가 이상해져서 구걸을 하러 갈 수도 없을 것 같다구.」

밸런스는 그를 데리고 인적이 끊긴 5번가를 걸어갔다. 그리고 모퉁이를 지나 브로드웨이 쪽을 향해서 한동안 걸어갔다.

「여기서 잠시 기다리게나.」

이렇게 말하고 그는 단골 호텔로 들어가 여느 때의 그 차분한 태도로 천천히 바 쪽으로 걸어갔다.

「밖에 가엾은 악마가 있어, 지미.」

그는 바텐더를 향해 말했다.

「배가 고프다는데 사실인 것 같아. 그런 친구들은 돈 같은 걸 주면 어디에 쓸지 모르지. 그러니 샌드위치를 두어 개만 신속하게 만들어 주게나.」

「알겠습니다, 밸런스 씨.」

바텐더는 다시금 덧붙였다.

「그런 친구들이라고 해서 모두들 사기꾼이라고 할 순 없으니까요. 저 역시 남이 배고파하는 것을 보는 것은 과히 좋지 않은걸요.」

바텐더는 몰래 서비스용 샌드위치를 냅킨에 싸주었다. 밸런스는 그것을 가지고 사나이에게로 돌아갔다. 아이드는 그것을 허겁지겁 먹기 시작했다.

「이렇게 맛있는 건 처음인걸. 요사이 1년 동안에 말야.」

그는 또다시 말했다.

「당신도 좀 먹지 그래, 도슨?」

「난 배가 고프지 않으니까 됐어.」

밸런스는 그에게 말했다.

「그만 공원으로 돌아가자구. 거기 가면 경관이 건드릴 염려도 없으니까. 남은 것은 이대로 싸가지고 가서 내일 조반 감으로 하세. 나도 이쯤 그만 먹기로 하겠어. 배탈이라도 나면 큰일이거든. 복통 따위로 오늘 밤 죽어 버려 그 돈을 못 만지게 돼보라구? 그 변호사를 만나려면 아직 열한 시간이나 남았단 말야. 당신 설마하니 날 버려두고 가버리진 않을 테지?」

아이드가 말했다.

「그렇다네. 오늘 밤엔 갈 곳도 없어. 그러니 함께 벤치에서 자기로 하세.」

「당신 상당히 차분하군.」

아이드는 그를 쳐다보며 계속해서 말했다.

「아까 한 얘기가 사실인가? 나는 사람이 하룻밤 사이에 부랑자가 돼 버리면 머리카락을 쥐어뜯으리라 생각했는데.」

「그거라면 아까 분명히 말했지 않은가.」

밸런스는 웃으면서 말하고 나서 덧붙였다.

「내일이면 재산이 굴러들어올 거라 생각하고 있는 인간은 마음이 훨씬 편할 거라 생각했는데.」

「이상한 일이군. 사람에 따라 생각하는 게 다르니 말야. 그거야 어떻든 이게 당신 벤치야, 도슨. 바로 내 옆이라구. 거기라면 가로등 불빛도 비치지 않을 테니까. 도슨, 백부한테 말해서 당신 일자리를 알아보겠어. 집에 돌아가면 말야. 오늘 밤 너무 신세를 졌는걸. 당신을 못 만났으면 난 아마 오늘 밤을 견디기 어려웠을 거야.」

아이드는 철학자 같은 투로 말했다.

「고맙네.」

밸런스는 다시금 말했다.

「잘 땐 여기 눕나, 아니면 앉은 채 자나?」

밸런스는 몇 시간 동안 거의 눈도 깜빡이지 않고, 나뭇가지들을 통해 하늘의 별을 바라보고 있었다. 그리고 남쪽의 바다 같은 아스팔트 도로를 지나가는 말 발굽 소리에 귀를 기울이고 있었다.

그의 머리는 활발히 움직였다. 그러나 감각은 잠들어 있었다. 온갖 감정이 뿌리째 드러나버린 것만 같았다. 후회도, 공포도, 고통도, 불쾌감도 느껴지지 않았다.

그 여자에 대한 생각을 했을 때조차 그것은 그저 이렇게 바라보고 있는 저 머나먼 별나라에 살고 있는 생물처럼 생각되었다. 그는 곁에

있는 사나이의 바보스럽고도 겁먹은 거동을 생각하고 웃었으나 그것
에조차 우스운 감정 따위는 품을 수가 없었다.

이윽고 매일 아침 찾아오는 우유배달 마차가 북을 울리면서 거리
를 지나갔다. 밸런스는 이부자리도 없는 차가운 벤치 위에서 가까스
로 잠이 들었다.

이튿날 아침 열시에 두 사람은 앤 스트리트에 있는 미드 변호사 사
무실 앞에 서 있었다. 아이드의 신경은 이 시간이 되자 전보다도 한
층 더 예민해졌다. 밸런스는 그런 그를 차마 그대로 두고 갈 수가 없
었던 것이다.

두 사람이 사무실로 들어가자 미드 변호사는 이상한 듯이 두 사람
을 보았다. 그는 밸런스와 오랜 친구였다.

변호사는 인사를 마치자 아이드 쪽으로 돌아앉았다. 아이드는 다
가올 위기 앞에서 얼굴이 창백해지고 온몸을 마구 떨며 서 있었다.

「어젯밤 저는 두 번째 편지를 사시는 곳으로 보내드렸습니다, 아이
드 씨.」

그는 다시금 말했다.

「그런데 당신이 부재중이어서 편지를 못 받으셨다는 사실을 오늘
아침에서야 알았지요. 편지는 다음과 같은 내용을 전하기 위한 것이
었습니다. 폴딩 씨는 당신을 집으로 맞으려던 생각을 바꾸셨습니다.
그러므로 당신과 그분과의 관계는 지금 그대로이고 아무런 변화가
없는 것으로 알아 달라는 내용이었습니다.」

아이드의 떨림이 순간 뚝 그쳤다. 핏기도 얼굴에 되살아났다. 그리고 그는 어깨를 힘껏 폈다. 아래턱이 앞으로 다부지게 튀어나오고 눈빛도 생생해졌다.

그는 낡아빠진 모자를 한쪽 손으로 깊숙이 눌러쓰고 나서 한쪽 손을 변호사 쪽으로 내밀었다. 그리고는 숨을 한 번 토해내고 비웃듯이 웃었다.

「폴딩 백부한테 전하게나. 죽어서 지옥에나 떨어지라구 말야.」

그는 큰소리로 이렇게 말하고는 등을 돌려 사무실에서 나갔다.

미드 변호사는 밸런스 쪽으로 돌아앉아 미소를 지었다.

「당신이 와줘서 정말 잘됐소.」

그는 다정하게 말을 계속했다.

「백부님께서 곧 돌아와 달라고 말씀하셨답니다. 당신이 그런 경솔한 결론을 내린 이번 사건은 어쩔 수 없는 일이라고 생각하신답니다. 결국 모든 것은 전처럼…….」

미드 변호사는 갑자기 이야기를 그치고 비서를 부르면서 허둥지둥 소리쳤다.

「이봐, 애덤스! 빨리 물을 가져오라구. 밸런스 씨가 기절해 버렸어.」

'검은 독수리'의 실종

어느 해, 몇 달 동안 사나운 도적이 리오그란데 강 연안의 텍사스 국경지대를 마구 휩쓸고 다녔다.

이 악명 높은 약탈자의 얼굴은 쳐다만 보아도 소름이 끼칠 정도였다. 그는 '국경의 공포, 검은 독수리'라고 불리고 있었다. 그와 그의 부하들의 소행에 관한 무시무시한 이야기들이 많이 떠돌았다.

그런데 어느 날 '검은 독수리'가 홀연히 모습을 감추어 버렸다. 그리고 그 뒤로 다시는 그에 대한 소문을 들을 수 없게 되었다. 그의 일당들조차 그가 어떻게 해서 사라졌는지 아는 사람이 없었다.

그러나 주경지대(州境地帶)의 목장이나 부락에서는 그가 또 언제 말을 타고 나타날지 몰라 불안에 떨고 있었다. 하지만 그는 아마 다시는 나타나지 않을 것이다. '검은 독수리'의 수수께끼에 찬 운명을 밝히기 위해 나는 이 이야기를 쓰려고 하는 것이다.

이 이야기의 발단이 된 것은 세인트루이스에 있는 바텐더의 다리였다. 치킨 랫글즈가 공짜로 점심을 얻어먹고 있을 때 바텐더가 재빨리 그것을 꿰뚫은 것이다. 코가 새 주둥이처럼 길고 새요리를 좋아하기 때문에 친구들은 그에게 '치킨'이라는 별명을 붙이고, 이따금 새요리를 사주었다.

식사 때 술을 마시는 것이 건강한 습관이 아니라는 것은 의학상의 일반적인 설이다. 그런데 술집의 위생학은 정반대이다. 치킨은 그 설에 따라 식사 때 반드시 따르게 마련인 술을 사지 않았다. 바텐더는 카운터 모서리를 돌아와서 이 분별없는 손님의 귀를 잡아 문 쪽으로 끌고가서 발로 차 행길에 내동댕이쳐버렸다.

길거리에 나서자 치킨은 겨울이 곧 온다는 사실을 뼈저리게 느꼈다. 밤공기는 차가웠고, 하늘에는 별들이 싸늘하게 반짝였으며, 사람들은 두 줄기의 흐름을 이루어 서로 밀쳐가며 귀가를 서두르고 있었다. 모두들 외투를 입고 있어, 단추가 채워진 조끼 주머니로부터 잔돈을 끌어내기가 몇 배나 힘들어져 있었다. 이제는 예전처럼 남부로 건너갈 시기가 온 것이다.

대여섯 살쯤 되는 사내아이가 과자가게 윈도를 부러운 눈빛으로 들여다보고 서 있었다. 한쪽 손에 2온스짜리 빈 병을 들고, 다른 한 손에는 반짝거리는 둥근 은화를 꼭 쥐고 있었다.

이 광경은 치킨의 재능과 용기에 알맞는 작전계획을 생각해내게 만들었다. 그는 재빨리 주위를 둘러보고, 부근에 순찰중인 경관이 없음을 확인하자 그럴듯하게 먹이에게 말을 걸었다.

낯선 사람이 친절하게 말을 걸어오면 조심해야 한다고 부모에게 단단히 주의를 들은 소년은 쌀쌀하게 대꾸했다.

이렇게 되면 행운을 잡기 위해서 때로는 사생결단의 대모험을 해야 한다고 치킨은 생각했다. 그가 가지고 있는 밑천이라고는 통틀어 5센트뿐이었는데, 사내아이의 살찐 손에 굳게 쥐어져 있는 것을 빼앗기 위해 그 5센트를 걸지 않으면 안 된다. 까딱하면 밑천을 날리게 될지도 모르는 일이지만 말이다.

그러나 그는 완력으로 어린아이에게 약탈하는 행위에 대해서는 공포심을 갖고 있었으므로 상대방을 속여 목적을 이루는 방법을 취하지 않을 수 없었다.

몇 년 전 그는 공원에서 몹시 배가 고팠기에 유모차 안에서 놀고 있는 아이의 우유 병을 빼앗은 일이 있었다. 먹을 것을 빼앗긴 아이는 즉시 하늘이 꺼질 듯이 큰소리로 울어대 사람들이 달려왔고, 치킨은 이내 체포되어 30일 간이나 유치장 신세를 져야 했었다. 그 뒤로 그 자신의 말을 빌리건대 '어린애는 도무지 질색' 인 것이다.

그는 어떤 과자를 좋아하느냐는 질문부터 시작해서 필요한 정보를 조금씩 이끌어냈다. 소년은 들고 있는 병에 10센트 어치의 진정제를 사러 약국에 가는 길이었다.

심부름을 시키면서 아이의 어머니는 「1달러 은화는 꼭 쥐고 있어

야 한다. 중간에 멈춰 서서 아무하고나 얘기를 해선 안 돼. 잔돈은 약
국사람한테 종이에 싸서 달라고 해서 바지 주머니에 넣어야 한다」고
신신당부했던 모양이다.

정말로 사내아이의 바지에는 주머니가 두 개나 달려 있었다. 그리
고 소년이 좋아하는 과자는 초콜릿 크림이었던 것이다. 치킨은 과자
가게에 들어가 무모한 투기꾼으로 변모했다. 다음의 보다 큰 모험의
준비공작으로 캔디 주(株)에 전 자본을 투입한 것이다.

그는 과자를 사내아이에게 주고 그 아이에게 낯선 사람을 경계하
는 마음이 없어지는 것을 흐뭇한 마음으로 바라보고 있었다. 그 다음
부터는 손쉽게 모험여행의 주도권을 잡아 사내아이를 그가 잘 아는
깨끗한 약국으로 데리고 갔다.

약국에 들어가자 그는 아버지 같은 태도로 은화를 소년의 손에서
약사에게 넘겨주고 약을 부탁했다. 소년은 심부름의 책임에서 해방
되어 기쁜 듯이 초콜릿을 먹고 있었다.

드디어 투자에 성공한 이 악한은 주머니를 뒤져 어딘가에서 주운
외투 단추를 꺼내어 종이에 잘 싼 다음 거스름돈인 것처럼, 아무런
의심도 하지 않은 사내아이의 주머니 속에 넣어 주었다.

그리고 사내아이를 집 방향으로 돌려놓고는, 다정하게 그의 등을
두드려 주었다. 치킨의 마음은 이름 그대로 깃털 달린 동물의 깃털만
큼이나 부드러웠다. 이리하여 이 투기꾼은 투자금의 열일곱 배라는
순이익을 올렸던 것이다.

그로부터 두 시간 뒤에 광산철도의 화물열차가 빈 화차를 뒤에 매달고 텍사스를 향해 정거장을 빠져 나오고 있었다. 빈 화차 중 하나에 치킨은 가슴까지 톱밥에 잠긴 채 편안하게 누워 있었다. 그 옆에는 싸구려 위스키 한 병과 빵과 치즈가 들어 있는 봉지가 놓여 있었다. 치킨은 전용차를 타고 겨울을 나기 위해 남부행 여행을 떠나고 있었던 것이다.

그 화차는 수없이 새로 연결되거나 정차하거나 하면서 일주일 간 남하를 계속했다. 치킨은 배가 고프거나 목이 마를 때와 같이 꼭 필요한 때를 제외하고는 줄곧 화물차 안에 들어박혀 있었다. 그는 화차가 남부의 목장지대로 간다는 것을 알고 있었다. 그 중심지인 산 안토니오가 목적지였다.

그곳은 공기가 상쾌하고 온화한 고장이었다. 게다가 주민은 너그럽고 친절했다. 술집의 바텐더들도 그를 걷어차지 않을 것이다.

설령 식사하는 데 오랜 시간이 걸리더라도, 같은 식당엘 자주 가더라도 그들은 별로 화를 내지 않고, 입에 밴 욕설이나 퍼부을 것이다. 게다가 그들은 욕을 할 때도 남부인 특유의 느린 말투로 욕을 하며, 또한 그들은 어휘가 부족하여 말을 멈추는 동안 실컷 음식을 먹을 수 있을 것이다.

그곳의 날씨는 언제나 봄과 같았고, 광장은 밤이면 음악이나 축제 소동이 있어 항상 즐거웠다. 설령 잠자리가 없더라도 밖에서 기분 좋게 잠을 잘 수가 있었다.

텍서커너에서 그가 탄 화차는 방향을 바꾸었다. 그리고는 계속 남하하여 오스틴의 콜로라도 다리를 지나 산 안토니오를 향해 화살처럼 달렸다.

화물열차가 그곳에 닿았을 때 치킨은 곤히 잠들어 있었다. 십분 뒤 열차는 다시금 떠나 종착역 라레드로 향했다. 이 텅 빈 화차는 근처의 목장에서 짐을 싣기 위해 곳곳에 배치되고 있었던 것이다.

치킨이 눈을 떴을 때 화차는 정거중이었다. 판자 틈으로 달이 밝은 밤이 보였다. 밖으로 기어나가 보니 자기가 탄 화차가 다른 세 칸의 화차와 함께 쓸쓸한 곳에 방치되어 있음을 알았다. 어두운 들판 한가운데에 남겨진 치킨은 보트와 함께 무인도로 올라선 로빈슨 크루소와 같은 신세가 되었다.

선로 근처에는 하얀 말뚝이 서 있었다. 가까이 다가가 보니 위쪽에 '산 안토니오 90(S. A. 90)'이라고 적혀 있었다. 라레드는 아직도 먼 곳에 있는 것이다. 그곳에서 일백 마일 사방에 동리라고는 하나도 없었다.

고요테 떼들이 짖기 시작했다. 치킨은 심한 고독감에 휩싸였다. 보스턴에서는 일자 무식한 상태에서, 시카고에서는 아무런 배짱 없이, 필라델피아에서는 잠잘 곳도 없이, 뉴욕에서는 의지할 만한 연줄 하나 없이, 그리고 피츠버그에서는 술 한잔 마시지 못하고 살아 온 그였지만 지금처럼 이렇게 외로움을 느껴 본 적은 일찍이 없었다.

그런데 갑자기 밤의 깊은 적막을 깨뜨리고 말의 울음소리가 들려왔다. 그것은 선로 동쪽에서 들려왔기에 치킨은 그쪽으로 살금살금 다가갔다. 어렸을 때 책에서 읽은, 이런 초원에 출몰하는 모든 것, 즉 뱀, 들쥐, 산적, 독거미, 카우보이 등이 무서웠기 때문이다.

괴기스럽고도 위협적인 모습으로 둥그런 머리를 높이 쳐들고 있는 선인장 덤불을 빙 돌아 선 그는 겁에 질린 말 한 마리가 흥흥 콧소리를 내며 요란하게 50야드쯤 뛰더니 다시 풀을 뜯어먹고 있는 모습을 보고는 소스라치게 놀랐다. 그러나 그것은 이 무인도 같은 황야에서 치킨이 공포를 느끼지 않는 유일한 것이었다. 그는 농장에서 자랐기 때문에 말을 다루는 일에 능숙했고, 또한 탈 줄도 알았던 것이다.

그는 말을 얼르면서 다가갔다. 말은 처음보다 한결 얌전해졌기에, 치킨은 풀밭에 질질 끌고 다니는 20피트 가량의 올가미 밧줄을 잡을 수 있었다. 멕시코 목동처럼 그 고삐로 굴레를 만드는 데 일분도 걸리지 않았다. 다음 순간 그는 말등에 올라 타 말이 가고 싶은 방향으로 달리게 내버려두었다.

「어디건 데려다 줄 테지.」
라고 치킨은 혼잣말을 했다.

달밤의 대초원을 달리기란 평소 몸을 움직이기 싫어하는 치킨에게도 필시 유쾌한 일이었을 테지만, 지금은 그런 기분에 잠길 심경이 못 되었다. 머리가 아프고 목이 말라왔다. 게다가 운수 좋게 찾아낸 말이 데려다 주는 곳에 무엇이 기다리고 있을지 몹시 불안했기 때문이었다.

그 말은 뚜렷한 목표를 향해 가고 있었다. 평평한 초원에서는 말은 동쪽을 향해 일직선으로 달려갔다. 이따금 언덕이나 깊은 골짜기나 숲 따위에 방해되어 비록 우회하더라도 이내 정확하고 본능적인 방향감각으로 인도되어 다시 제 길로 들어서는 것이었다.

마침내 완만한 언덕 비탈길에 이르자 말은 속도를 늦추어 천천히 걸었다. 문득 보니 돌을 던지면 닿을 정도의 거리에 숲이 있었고 멕시코식 움막(통나무를 지어 진흙으로 벽을 바르고 풀로 지붕을 깐 작은 오두막)이 서있었다.

달빛 속에 오두막 근처의 주변 땅이 양의 발굽으로 밟혀져 있는 것이 보였다. 갖가지 도구——로프, 마구(馬具), 안장, 양가죽, 사료등, 캠프용 짚침대 따위가 어지럽게 흩어져 있었다. 물통은 오두막 입구에 있었다.

치킨은 말에서 내려 말을 나무에 매달았다. 그리고는 몇 번이나 불러 보았으나 집 안에서는 아무런 인기척이 없었다. 그는 성냥을 켜서 테이블 위 램프를 켰다.

필요한 것만 갖춘 독신용 집이었다. 치킨은 구석구석을 살펴보다가 마침내 뜻밖의 것을 찾아냈다. 작은 녹색 항아리 안에 마시고 싶어하던 술이 1쿼터 가량 담겨 있었던 것이다.

그로부터 삼십분 뒤에 치킨은 비틀거리며 그곳에서 나왔다. 그는 자기의 누더기옷 대신 양치기옷을 입었다. 긴 구두를 신었고, 걸을 때마다 박차(拍車)가 짤랑거렸다. 허리에는 탄알이 가득 꽂힌 권총띠를 둘렀으며, 좌우 권총집에는 커다란 6연발 권총이 한 자루씩 들어 있었다.

그는 근처를 돌아다니며 담요나 안장, 고삐를 찾아 말에 장비했다. 그리고는 다시금 말을 타고 큰 소리로 노래를 부르면서 달리기 시작했다.

후리오 강가에는 가축을 훔치는 도적단인 바드 킹 일당이 야영을 하고 있었다. 그들의 약탈은 여느 약탈에 비해 그리 대담무쌍한 것은 못 되었는데도 차츰 사람들의 입에 오르내리게 되어, 마침내 킨네이 대위가 이끄는 삼림 경비대가 일당을 토벌하는 데 파견되었다.

그래서 제법 군사(軍師)의 소질이 있는 바드 킹은 법률의 집행자들에게 자취를 남기는 어리석음을 범하지 않고, 부하들을 데리고 후리오 협곡으로 들어가서 잠시 틀어박혔던 것이다.

이 도피는 참으로 분별이 있는 행동으로서, 이름난 바드 킹의 용명과 조금도 어긋나지 않았지만, 부하들 사이에서는 불만의 소리가 적지 않게 나오고 있었다. 실상 산 속에서 이런 잠복생활을 하고 있는 사이에 그들은 바드 킹 몰래 그가 과연 지도자로서 적당한가를 논하게 된 것이다.

바드의 통솔력이 논의된 것은 이제껏 한 번도 없었다. 하지만 그의 영광은 이제 새로운 별빛 밑에서 쇠약해져가고 있었다. 부하들의 감정은 '검은 독수리' 라면 좀더 화려하고 탁월한 지도력을 지니고 있다는 의견으로 기울고 있었다.

'국경의 공포'라는 별명을 가진 '검은 독수리'가 일당에 들어온 것은 3개월쯤 전의 일이었다.

일당이 산 미젤 호수 가에서 야영을 하고 있을 때, 어느 날 밤 말 탄 사나이가 단신으로 찾아왔다. 이 신참자는 흉측한 얼굴을 하고 있었다. 먹이에 덤벼들 듯 비뚤어진 새의 주둥이 같은 코가 검은 수염 위에 튀어나왔고, 눈은 동굴처럼 움푹 패였으며, 잔인한 빛을 띠고 있었다. 게다가 박차가 달린 긴 구두에 녹색의 차양 넓은 모자를 쓰고 좌우 허리에는 권총을 늘어뜨리고 있었는데, 약간 거나해져 있었을 뿐 두려워하는 기색이라고는 전혀 없었다.

단신으로 바드 킹의 야영지로 찾아 들어온다는 것은 상상도 못할 일이다. 그런데 이 사나이는 마치 맹렬한 새처럼 이들 일당에게 겁없이 다가와 먹을 것을 요구했던 것이다.

대초원지방에서는 누구에게나 아낌없이 식사를 대접하는 풍습이 있다. 설령 적일지라도 그를 쏘기 전에 먼저 식사를 제공해야 하는 것이다. 따라서 무슨 목적으로 왔는지 모르는 이 내방자도 먼저 맛있는 식사를 제공받았다.

사람을 놀라게 하는 괴이한 이야기나 자랑거리를 풍부하게 갖고 있는 그는 가끔 뜻이 통하지 않는 말도 내뱉었는데, 그것이 오히려 효과적이어서 같은 동료 이외의 인간과 접촉한 일이 없는 바드 킹의 부하들 사이에 새로운 센세이션을 불러일으켰다.

이 괴이한 내방자의 눈으로 볼 때, 무법자 집단 따위는 어리석은 시골뜨기 집단에 불과했다. 이를테면 밥 따위를 얻어먹기 위해 농가 뒤뜰에서 농군들에게 허풍이나 떨고 있는 것같이 생각되었다.

사실 남서부의 악당들은 태도도 옷차림도 제법 악당다워졌으므로 그가 이 도적의 일당을 피크닉이나 호두 따는 데 모인 선량한 시골뜨기 모임으로 잘못 생각했다고 해도 이상할 것은 없는 것이다.

상냥한 행동하며, 얌전한 걸음걸이하며, 부드러운 말투에 볼품없는 옷차림 따위 등 겉으로 보아 그들이 저질러온 무서운 범죄행각을 나타내 주는 것이라고는 무엇 하나 없었다.

이 멋지고 낯선 사나이는 이틀 동안 융숭한 대접을 받고 나서 전원 일치의 의견으로 도적단의 일당이 되도록 권유를 받았다. 그는 '몬트레서 대위' 라는 거창한 이름으로 등록시켜 준다면 승낙하겠다고 말했다. 그러나 그 이름은 즉시 일당에 의해 부결되고, 그 왕성한 식욕에 경의를 나타내어 '피그(돼지)' 라는 애칭이 주어졌다.

이리하여 텍사스 국경은 악당 가운데에서도 가장 지독한 악당을 맞이하게 된 것이다.

그로부터 3개월 간 여전히 바드 킹의 통솔하에 경비대와의 충돌을 피하면서 적당한 수확을 올리는 것으로 만족해하고 있었다. 이들 일당은 목장에서 꽤 많은 말과 훌륭한 소 몇 마리를 훔쳐서, 리오그란데 강을 무사히 건너 팔아 재미를 톡톡히 보았다.

또한 이따금 작은 촌락이나 멕시코인 개척부락을 습격하여 주민을 위협해서 필요한 탄약이나 식량을 빼앗았다. 이런 피를 흘리지 않는 약탈이 되풀이되는 사이에 피그의 사나운 얼굴과 무서운 목소리는 얌전한 생김의 다른 도적들이 평생 얻지 못할 화려한 명성을 얻게 되었다.

별명을 붙이는 일에 능숙한 멕시코인이 처음으로 그를 '검은 독수리' 라고 불렀으며, 그들은 갓난아이들을 달랠 때마다 이 무서운 도적이 큰 부리로 아기를 물고 간다는 이야기를 들려줌으로써 울음을 그치게 했다.

이윽고 이 이름이 퍼져감에 따라 과장된 신문기사나 목장의 소문 따위로 그는 '국경의 공포, 검은 독수리' 라고 불리게 되었다.

뉴서스 강에서 리오그란데 강에 이르는 지역은 기름진 들판으로서 양이나 소, 말의 목장지대가 되어 있었다. 대부분은 방목으로 주민의 수는 적었으며 법의 손이 닿지 않았으므로 피그가 화려하게 날뛰며 그들 도적단을 유명하게 만들 때까지도 그들은 거의 아무런 저항을 받지 않았다.

그런데 얼마 뒤 킨네이 대위가 이끄는 경비대가 이 지역에 파견됨에 따라 바드 킹은 사태가 심상치 않다고 보고, 적을 습격하든가 아니면 일시적으로 후퇴하든가 결정해야 한다고 생각했다.

그리고 그는 굳이 모험을 할 필요가 없다고 판단하여 부하를 데리고 후리오 강가로 후퇴했다. 그런데 앞서 말한 것처럼 부하들 사이에 불만이 생겨 바드 킹에 대한 탄핵절차와 함께 '검은 독수리' 를 그 후

계자로 삼아야 한다는 논의가 일어나게 된 것이다.

바드 킹이 이런 눈치를 못 챌 리가 없었다. 그는 가장 믿고 있는 부하 카크터스 테일러를 불러 상의했다.

「만일 녀석들이 나로서 만족할 수 없다면 난 기꺼이 물러나겠다. 녀석들은 내 방법이 마음에 안 드는 모양이야. 그렇지만 난 그 녀석들을 생각해서 킨네이 대위가 경비대를 이끌고 있는 동안만 숨어 있기로 정한 거라구. 사살당하거나 감옥에 처박히는 것에서 구해줬는데, 그런 내가 못마땅하다는 거야.」

「사태가 그렇게 심각한 건 아니지요.」

카크터스는 설명을 계속했다.

「단지 녀석들은 피그 녀석한테 홀딱 반해 있는 것뿐이라구요. 그 수염과 독수리코가 바람을 가르며 앞장서서 달리는 걸 보고 싶어하는 것뿐이란 말씀입니다.」

「그렇지만 피그 녀석, 생각보단 그리 대단한 것 같지 않던데.」

바드 킹은 깊은 생각에 잠긴 듯이 말을 이었다.

「난 아직 녀석이 두드러진 공을 세우는 걸 한 번도 본 적이 없어. 딴은 녀석 소리치는 것만으로도 상대방을 떨게 할 수가 있고, 모두들 타지 못하는 거친 말을 탈 수야 있지. 그렇지만 녀석은 아직 한 번도 총을 쏜 일이 없다구. 이봐, 카크터스, 녀석이 일당이 된 뒤로 우리는 한 번도 총질을 하며 싸운 적이 없잖아? 안 그래? 멕시코인 애들을 놀래 주거나, 가게 따위를 습격하는 건 물론 잘하지. 강도나 절도를 시키면 천하일품이지만, 막상 총을 쏘는 일에 얼마만큼 공을 세울 수 있는지는 의심스럽다구. 평소 큰소리치는 녀석이 막상 총소리를 들으면 얼이 빠지게 마련이지.」

「놈은 결투를 한 적이 있다고 하고……」

카크터스는 다시금 덧붙였다.

「안 가본 데가 없다고 허풍 떨고 있습죠.」

「그건 나도 알고 있지.」

바드 킹은 카우보이 특유의 회의적인 투로 계속해서 말했다.

「그런데도 그 녀석 말은 석연치 않은 데가 있단 말이야.」

이 밀담(密談)은 다른 8명의 동료가 모닥불을 둘러싸고 누워있거나 저녁을 먹고 있는 동안에 행해졌다. 피그는 만족할 줄 모르는 왕성한 식욕을 억제하면서 퉁명스러운 목소리로 동료들을 몰아세우고 있었다. 바드 킹과 카크터스는 이야기를 중단하고 귀를 기울였다.

「소나 말 따위를 몇천 마일씩 쫓아 다녀 보았자 무슨 소용이 있담? 아무 짝에도 쓸모가 없단 말야. 숲이나 가시나무 사이를 뛰어다녀 보라지! 맥주를 통째로 마셔도 시원치 않을 만큼 갈증만 나고, 게다가 밥 한술도 못 먹게 될 땐 정말 기막히다구. 만일 내가 우두머리라면 무얼 할 건지 가르쳐 줄까? 나 같으면 열차를 해치우겠어. 급행열차를 덮쳐 너희들이 한동안 푹 쉴 수 있을 만한 현금을 털겠어. 쩨쩨한 일엔 이제 질렸다구. 소도둑 같은 쩨쩨한 일은 더 이상 참을 수가 없단 말야.」

그 뒤 부하 하나가 바드 킹에게 왔다. 그리고는 한쪽 다리에 무게를 싣고 바드 킹의 감정이 상하지 않도록 은근하면서도 조심스러운 말투로 퇴진을 요구했다.

바드 킹은 그들의 의사에 따라 스스로 물러나기로 했다. 보다 큰 위험과 수확이 그들의 소망인 것이다.

열차강도를 하자는 피그의 제안은 그들의 공상을 불태워, 선동자의 용기와 대담함에 대한 존경을 한층 더 깊게 했다. 그들은 단순하고 소박한 산적에 지나지 않았으므로 가축을 훔치거나, 어쩌다가 저항하는 사람에게 총을 겨누거나 하는 습관적인 행동의 범위를 넘는 모험은 한 번도 생각해 본 일이 없었던 것이다.

바드 킹은 공정한 입장을 취해 '검은 독수리'가 두목으로서의 시련을 빠져나갈 때까지 부하와 동등한 지위에 만족하기로 동의했다.

열차시간표를 조사하고 그 지방의 자리를 검토하는 등 수많은 협의를 거친 끝에 새로운 계획을 결행하는 시간과 장소가 결정되었다.

당시 멕시코에서는 식량기근이 일어나고, 미국 일부에서는 축산물이 극도로 결핍되고 있었던 만큼, 양국간의 국제무역이 활발히 행해져, 많은 액수의 현금이 두 공화국을 잇는 철도로 수송되고 있었다.

습격하기에 안성맞춤인 장소로 의견이 일치한 것은 라레드 북방에서 약 40마일 떨어져 있는 작은 역 에스피나였다. 열차는 그곳에 일분 간 정차하기로 되어 있었다. 주위는 들판이고, 역에는 역장이 사는 집 한 채밖에 없었다.

'검은 독수리'가 이끄는 일당은 밤에 말을 타고 떠났다. 에스피나 근처에 이르자 그들은 2,3마일 떨어진 숲 속에서 종일 말을 쉬게 했다.

열차는 오후 열시 삼십분에 에스피나에 닿을 예정이었다. 따라서 열차를 습격한 뒤 약탈품을 가지고 이튿날 새벽녘에는 멕시코 국경을 넘을 수 있을 터였다.

'검은 독수리'는 자기에게 주어진 명예와 책임을 피하려는 기색을 조금도 보이지 않았다. 그는 신중하게 부하에게 각자의 임무를 부여하였고, 그 역할을 지도했다. 각기 네 명씩 서로 양쪽 숲 속에 매복해 있기로 되어 있었다. 귀가 밝은 로저스가 역장을 구금하고, 말타기의 명수 찰리는 말 옆에 남아 언제든 떠날 수 있도록 준비해 놓았다.

열차가 정차할 때 기관차의 위치를 예측하여 그 지점의 선로 한쪽에는 바드 킹이 매복하고, 반대쪽에는 '검은 독수리'가 매복한 후 두 사람은 기관사와 화부(火夫)에게 권총을 들이대고 기관차에서 끌어내어 열차 뒤쪽으로 가게 만들면 되었다. 그리고는 열차 내의 현금을 빼앗아 도주하면 끝이었다. 단 '검은 독수리'가 권총을 발사하여 신호를 할 때까지는 모두들 움직이지 않기로 약속했다. 그야말로 계획은 완벽했다.

열차 도착 시간 십분 전에 전원은 각자의 자리에 배치되었고, 무성한 숲 속에 몸을 숨겼다. 멕시코 만에서 흘러나오는 비구름에 덮여 밤은 어두웠다. '검은 독수리'는 선로에서 5야드 떨어진 풀숲 그늘에 엎드려 있었다. 허리의 벨트에 6연발짜리 권총 두 개를 찔러 넣고 이 따금 주머니에서 술병을 꺼내 입에 갖다댔다.

선로 저쪽에 한 점의 별이 나타났는가 싶더니 그것이 이내 커져, 다가오는 기관차의 헤드라이트로 변했다. 그것과 함께 열차가 달려 오는 소리가 차츰 높아졌다.

이윽고 기관차는 마치 도적들을 법의 손에 넘기려고 온 괴물처럼 그들을 노려보며 귀청이 찢어질 것 같은 날카로운 소리를 내며 다가 왔다. '검은 독수리'는 땅에 엎드렸다. 그러나 기관차는 예상과는 달 리 '검은 독수리'와 마드 킹이 매복하고 있는 지점을 50야드나 더 지 나서 멈추었다.

'검은 독수리'는 일어서서 재빨리 주위를 돌아보았다. 부하들은 모두 엎드린 채 신호를 기다리고 있었다. 바로 그때 눈앞의 것이 그 의 주의를 끌었다. 그 열차는 통상의 여객열차가 아니라, 객차와 화 차가 섞인 혼합열차였다. 그 앞에 멈추어진 유개화차(有蓋貨車)의 문 이 어찌 된 일인지 약간 열려 있었다.

'검은 독수리'는 다가가서 문을 열었다. 어떤 냄새가 그의 코를 자 극했다. 그것은 축축하고 곰팡내가 났지만, 황홀해지는 것 같은 그리 운 냄새, 즉 옛날의 행복한 나날이며 여행의 추억을 심하게 북돋워 주는 냄새였다. 그는 마치 고향으로 돌아온 방랑자가 소년시절을 보 낸 옛집 울타리의 해묵은 장미냄새를 그리워하듯 그 매혹적인 냄새 를 맡았다.

향수가 그의 마음을 뒤흔들었다. 그는 손을 뻗어 화차 안을 더듬었다. 건조하고 부드러우면서도 포근한 톱밥이 깔려 있었다. 밖에서는 안개비가 차가운 얼음비로 변하고 있었다.

발차를 알리는 벨소리가 높이 울렸다. 그러자 '검은 독수리'는 벨트를 풀어 권총째 땅바닥에 집어 던졌다. 박차도, 그리고 차양이 넓은 모자도 재빨리 집어 던졌다. '검은 독수리'는 털갈이를 하고 있는 셈이었다.

기차는 한바탕 흔들렸다가 발차했다. '검은 독수리'는 화차로 기어올라가 문을 닫았다. 그는 톱밥 위에 벌렁 누워 검은 술병을 가슴에 안고는 눈을 감았다. 사나운 얼굴에 약간 바보스러우나 행복해 보이는 미소를 띠며 치킨 랏글즈는 이제 고향으로의 여행길에 오른 것이다.

열차는 습격의 신호를 초조하게 기다리며 몸을 숨기고 있는 도적들을 뒤로하며 아무 일 없이 에스피나 역을 떠났다.

열차가 속도를 가함에 따라 서로 양쪽에 있는 숲의 검은 그림자가 시계(視界)를 지나갔다. 차장은 파이프에 불을 당기고 창으로 밖을 바라보면서 중얼거렸다.

「이 근처는 열차강도엔 안성맞춤이란 말야.」

1천 달러

「……1천 달러입니다.」

투르맨 변호사는 엄숙하고 점잖은 어조로 반복해서 말했다.

「이게 그 돈입니다.」

질리언은 50달러짜리 지폐의 얇은 뭉치를 만지면서 재미있다는 듯이 웃었다.

「이건 도무지 처치 곤란한 액수군요.」

그는 변호사를 향해 상냥하게 말을 이었다.

「이게 1만 달러라면 펑펑 써서 내 주가를 올릴 수도 있을지 모르지만 말씀입니다. 50달러짜리로 받더라도 그리 처치곤란한 정도의 부피는 아니거든요.」

「당신은 숙부의 유언을 들으셨으니까 말씀입니다만.」

투르맨 변호사는 사무적인 어투로 계속해서 말했다.

「그 내용을 들을 때 세심한 주의를 하셨는지요? 여기서 한 가지 조심해야 될 점이 있습니다. 당신이 이 1천 달러를 모두 쓰고 나면, 그 용도에 대해 저희들한테 보고를 하시도록 돼 있지요. 유언은 그것을 조건으로 내세우고 있습니다. 나는 당신이 돌아가신 질리언 씨의 유언에 기꺼이 응해 주시리라 믿고 있습니다.」

「그 점은 믿어 주셔도 좋습니다. 만약 그 때문에 비용이 더 들어가게 된다면 차라리 비서를 고용하는 편이 나을지 모르겠군요. 저는 재산을 관리하는 데는 전혀 소질이 없어서요.」

질리언은 정중하게 말한 후 변호사 사무실을 나왔다.

그는 당구장으로 가서 브라이슨 영감을 찾았다.

친절한 브라이슨 영감은 40세로 일선에서 은퇴한 상태였다. 그는 한쪽 구석에서 책을 읽고 있다가 질리언이 다가오는 것을 보자 책을 내려놓고 안경을 벗었다.

「브라이슨 영감, 재미있는 얘기가 있어요.」

질리언이 말을 걸었다.

「그렇담 당구장에 있는 다른 사람에게 말해 주는 게 어떤가? 자네 이야기라면 내가 얼마나 귀찮아하는지 잘 알고 있을 텐데 그래?」

브라이슨 영감이 말했다.

「이번 것은 다른 때보다 훨씬 기막힌 얘기라고요.」

질리언은 종이에 담배를 말면서 계속해서 말했다.

「그 얘기를 당신한테 하는 게 난 굉장히 기뻐요. 당구공이 구르는 소리와 함께 얘기하기엔 좀 진지한 내용이고, 또 좀 묘하지만요. 난 방금 돌아가신 숙부의 합법적인 해적(海賊)들 사무실에 갔다 오는 길이에요. 숙부가 내게 1천 달러를 남겨주었는데, 이 1천 달러로 무얼 할 수 있을까요?」

「난 또 뭐라구.」

브라이슨 영감은 별로 흥미가 없는 듯 말을 이었다.

「돌아가신 셉티머스 질리언은 50만 달러 정도의 가치가 있다고 생각하고 있었는데.」

「옳은 말씀이죠. 그리고 그곳에 조크가 들어가는 거죠. 숙부는 금화(金貨)의 짐을 몽땅 세균에게 남기고 간 겝니다. 결국 일부는 새로운 박테리아를 발명하는 사람들한테 돌아가고, 나머지는 그것을 물리치는 병원의 건설자금으로 충당되는 거죠. 그 밖에 한두 가지 유언이 있죠. 집사와 가정부는 각각 반지와 십 달러를 받았고, 조카는 1천 달러를 받은 셈이죠.」

질리언은 명랑하게 맞장구를 쳤다.

「자네는 언제나 자유롭게 쓸 수 있는 돈을 많이 갖고 있었지 않나?」

하고 브라이슨 영감이 말했다.

「많이 갖고 있었죠.」

질리언이 계속해서 말했다.

「숙부는 용돈에 관한 한, 옛날 얘기에 나오는 교모(教母)였으니까요.」

「그 밖에 상속자는?」

브라이슨 영감이 물었다.

「한 명도 없습니다.」

질리언은 담배연기를 향해 눈살을 찌푸리고 차분하지 못하게 의자를 걷어찬 후 말을 이었다.

「아니죠, 숙부가 후견인을 맡은 헤이든 양이 있습니다. 숙부 집에서 살고 있죠. 얌전한 처녀예요. 음악을 좋아하고요. 불행히도 숙부의 친구였던 누군가의 딸입니다. 말하는 걸 잊었는데, 이 아가씨도 반지와 10달러를 물려받은 사람이죠. 나도 차라리 그 그룹에 들어있었으면 좋았을 거라는 생각이 드는군요. 그러면 술이라도 두어 병 마시고 그 반지를 팁 대신 웨이터한테 주어 버리면 끝이니까요. 선배라고 해서 너무 그러지 마십쇼, 브라이슨 영감. 도대체 1천 달러로 무얼 할 수 있을까요?」

브라이슨 영감은 안경을 닦고 미소지었다. 안경을 닦는 모습을 보자 질리언은 그가 곧 맹렬한 공격을 퍼부울 것이라고 생각했다.

「1천 달러라면 상당히 많은 금액이라고도 할 수 있고, 보잘것없는 금액이라고도 할 수도 있지. 그것으로 내 집을 사서 록펠러를 비웃을 수도 있고, 마누라를 따뜻한 남부로 보내 요양을 시킬 수도 있고, 석 달 동안 100명의 아기에게 우유를 사주고, 그 중에 50명의 목숨을 구할 수도 있을 거라구. 아니면 그것을 밑천으로 비밀이 완전히 보장되는 곳에서 놀음이라도 해서 삼십분 동안 기분풀이를 할 수도 있지. 그뿐인가, 대망을 품은 소년의 교육비로 쓸 수도 있을걸. 어제 어느 경매에서 코로의 진짜 그림이 그 금액으로 거래됐다더군. 이건 어떤가? 뉴햄프셔로 가 그 돈으로 한 2년 간 잘살 수 있을 테지.」

「설교만 하지 않는다면 모두들 영감을 좋아할 텐데. 다른 얘기가 아니라 제가 1천 달러로 무얼 할 수 있는지 가르쳐 달라는 겝니다.」

어떤 경우에도 초조해하는 일이 없는 질리언이 말했다.

「자네가 말인가?」

브라이슨 영감은 상냥하게 웃으면서 말을 이었다.

「여보게, 질리언. 현실적으로 말해서 자네로서 할 수 있는 일은 딱 한 가지밖에 없겠군. 그 돈으로 로타 로리어한테 다이아몬드 목걸이라도 사주고, 자네 자신은 아이다호로 가서 목장신세를 지는 게야. 양들을 치는 목장이 좋지 않을까? 난 특히 양을 싫어하니까.」

「고맙소. 당신 같으면 틀림없이 힘이 되리라 생각했죠, 브라이슨 영감. 그야말로 기막힌 아이디어예요. 난 이 돈을 부랑인에게라도 줄 셈이었죠. 그도 그럴 것이 돈에 대한 계산서를 제출해야 하고, 게다가 난 일일이 명세서를 만드는 일 따윈 딱 질색이란 말입니다.」

이렇게 말하고 질리언은 일어섰다.

질리언은 마차를 불러 마부에게 말했다.

「콜롬바인 극장까지 가세.」

로타 로리어가 화장을 하고 출연준비를 거의 끝냈을 때 그녀의 의상 담당자가 질리언의 이름을 전했다.

「안으로 모셔 줘요.」

미스 로리어는 말했다.

「어머, 무슨 일이에요, 바비? 이제 이십분 있으면 막이 오를 시간이라구요.」

「당신 오른쪽 귀는 토끼의 발과 비슷하군.」

질리언은 짓궂게 계속해서 말했다.

「그렇지만 그 편이 오히려 매력적이야. 그건 그렇고, 목걸이 중에서 당신이 좋아하는 것은 어떤 것이지? 세 자리 수에다 그 앞에 숫자 1이 붙을 정도라면 사줄 수 있거든.」

「당신이 골라 주시는 거면 어떤 것이라도 좋아요. 그렇지만 바비, 당신 지난번 밤에 델라 스테이시가 달고 있던 목걸이 보셨나요? 그거 티파니 가게에서 이천 2천 달러나 줬다는군요. 하지만 물론…… 애덤스, 이 장식띠 좀 왼쪽으로 잡아당겨 줘요.」

로타 로리어는 즐거운 표정으로 말했다.

「로리어 양, 곧 코러스가 시작돼요.」

밖에서 이렇게 외쳤다.

극장을 나와 질리언은 마차가 있는 곳으로 갔다.

「만일 1천 달러가 있다면 당신을 무엇을 하겠소?」

그는 마부에게 물었다.

「나 같으면 술집을 차리겠어요.」

마부는 즉시 쉰 목소리로 계속해서 말했다.

「많은 돈을 벌 수 있는 장소를 알고 있지요. 길 모퉁이에 있는 사층 건물인데 말씀입니다요. 이것은 제 생각입니다만, 이층은 중국요리와 찹시, 삼층은 매니큐어와 외국공관, 그리고 사층은 공개도박장으로 하는 겁니다. 만일 나리께서 정말 해보실 생각이 있으시다면…….」

「그만 하게.」

질리언은 말을 이었다.

「난 그저 호기심에서 물어본 것뿐이었소. 당신 마차를 시간제로 빌리기로 하지. 내가 세우라고 말할 때까지 달려 주게.」

질리언은 단장으로 이륜마차의 말을 찔러, 브로드웨이를 달려가게 했다.

골목 앞에 장님이 앉아 연필을 팔고 있었다. 질리언은 마차에서 내려 장님 앞에 섰다.

「실례지만…….」

하고 그는 말을 걸었다.

「만일 당신한테 1천 달러가 생긴다면 무얼 할 것인지 말해주지 않겠소?」

「나리는 방금 저쪽에 멈춰선 마차에서 내리신 분이군요? 틀립니까?」

장님은 이렇게 물었다.

「당신 말이 맞소.」

「대낮에 마차를 타고 다니는 것도 물론 좋지만 말씀입니다요. 괜찮으시다면 이걸 좀 봐주시지요.」

장님은 주머니에서 작은 수첩을 꺼내 질리언에게 내밀었다. 질리언이 펴보니 예금통장이었다. 맹인 명의로 된 그 통장의 잔고는 1천 7백 85달러였다.

질리언은 장님에게 통장을 돌려주고 나서 마차에 올라탔다.

「잊고 있었던 게 있어.」

그는 혼자 중얼거렸다.

「투르맨 앤드 샤프 법률사무소로 가주게. 브로드웨이야.」

투르맨 변호사는 적의를 담은 눈으로 그를 바라보았다.

「한 가지 묻고 싶습니다. 상관 없겠지요? 그리 뻔뻔한 부탁은 아니라 생각되는군요. 헤이든 양은 반지와 10달러 외에 유산으로 뭔가를 더 받았나요?」

「아뇨, 아무것도 받지 않았습니다.」

「그렇습니까? 그럼 전 이만 가보겠습니다. 감사합니다.」

질리언은 마차로 돌아갔다. 그리고 죽은 숙부의 집 주소를 마부에게 알려주었다.

헤이든 양은 서재에서 편지를 쓰고 있었다. 그녀는 작은 키에 날씬한 여자로서 검은 옷을 입고 있었다.

질리언은 마치 인생 따위는 하찮다는 듯한 건들거리는 태도로 불
쑥 들어갔다.

「실은 방금 투르맨 씨의 사무실에 갔다 오는 길입니다마는.」

그는 다시금 덧붙였다.

「사무실에서는 서류를 검토하고 있더군요. 그래서 발견한 것입니
다.」

질리언은 기억을 뒤지며 법률용어를 찾았다.

「유언장 안에 정정개소(訂正個所) 또는 추가개소를 발견한 것입니
다. 결국 숙부는 생각을 고친 끝에 관대해져서 당신한테 1천 달러를
남기신 모양입니다. 마침 내가 이곳에 오는 길이어서 투르맨 씨한테
그 돈을 당신께 전해 달라는 부탁을 받았습니다. 이게 그 돈입니다.
혹시 잘못되면 곤란하니까 세어 보시지요.」

질리언의 말에 헤이든 양은 '어머나' 하는 탄성을 연발했다.

질리언은 반쯤 등을 돌리고 창밖을 바라보았다. 이윽고 그는 입을
열었다.

「물론 내가 당신을 사랑하고 있다는 것은 알고 있으리라 생각합니
다.」

「미안해요.」

헤이든 양은 돈을 집으면서 말했다.

「그럼 안 된다는 말씀이군요?」

질리언은 짐짓 명랑한 투로 말했다.

「용서해 주셔요.」

그녀는 다시 입을 열었다.

「편지를 좀 쓰고 싶은데 괜찮겠습니까?」

질리언은 미소지으면서 말했다. 그리고 큰 책상을 향해 앉았다. 그녀는 그에게 종이와 펜을 가져다주고는 곧 자기 책상으로 돌아갔다.

질리언은 종이에 1천 달러의 용도에 관한 보고서를 다음과 같이 적었다.

검은 양 로버트 질리언은 하늘의 도움에 의해 영원한 행복을 위해서, 이 세상에서 가장 선량하고 친애하는 여성에게 1천 달러를 지불했음.

질리언은 이 보고서를 봉투에 넣고 그 집을 나왔다.

그의 마차는 다시 투르맨 앤드 샤프 법률사무소 앞에 멈추었다.

「1천 달러의 용도를 결정했습니다.」

그는 기분 좋은 말투로 투르맨 씨를 향해 계속해서 말했다.

「그리고 약속대로 보고서를 갖고 왔습니다. 밖은 벌써 완전히 여름이군요. 그렇게 생각하지 않으십니까, 투르맨 씨?」

그는 흰 봉투를 변호사의 책상 위에 던졌다.

「여기에 1천 달러의 용도에 대한 메모가 들어 있습니다.」

그러나 봉투에는 손가락도 대지 않고 투르맨 씨는 방 쪽으로 가서 샤프 씨를 불렀다. 두 사람은 함께 거대한 금고 안을 뒤졌다. 그리고는 봉인된 큰 봉투를 꺼냈다. 그런 다음 그것을 뜯어 안의 것을 꺼내 정중하게 머리를 흔들었다. 투르맨 씨가 입을 열었다.

「질리언 씨.」

그는 형식적인 투로 말을 이었다.

「실은 당신 숙부님의 유언장에는 첨부서가 있더군요. 그것을 남몰래 우리에게 위탁하셨습니다. 1천 달러에 관한 당신의 처분법에 대한 상세한 보고서를 받을 때까지는 절대로 이것을 열지 마라는 지시였습니다. 당신은 그 조건을 이루신 셈이니까 나와 샤프 씨가 그 첨부서를 읽어 드리기로 하겠습니다. 법률상 용어로 인해 당신이 이해하지 못할 부분이 있을지 모르므로 내용의 요점만 간단히 설명키로 하겠습니다. 당신이 1천 달러를 적절하게 처분하여 보상을 받을 만한 충분한 자격이 있음이 분명해진 경우에는 막대한 재산이 당신에게 들어오게 됩니다. 나와 샤프 씨가 그 판정인으로 지명되어 있는 만큼 저희는 정의에 따라 엄격하게, 또한 관용으로 우리의 의무를 수행할 것을 보증합니다. 질리언 씨, 우리가 당신에게 전면적으로 호의를 갖고 있는 것은 아닙니다. 그러나 어쨌든 첨부서에 대해 말씀드리기로 하지요. 문제의 1천 달러에 대한 당신의 처분이 신중하고 현명하고 비이기적인 경우에는 당신에게 5만 달러 가치의 채권이 주어지게 됩니다. 그러나 만일──의뢰인인 고(故) 질리언 씨가 분명히 조건지우고 계시듯이──당신이 이 돈을 종전대로 사용하는 경우──고 질리언 씨의 말을 인용하자면, 불명예스러운 친구를 상대로 부질

없는 소비를 하는 경우에는——이 5만 달러는 즉시 고 질리언 씨의 피후견인인 헤이든 양에게 지불하기로 되어 있습니다. 그럼 질리언 씨, 샤프 씨와 함께 1천 달러에 대한 당신의 보고서를 검토하기로 하겠습니다. 물론 문서 형식으로 돼 있을 테지요? 우리의 판정을 전면적으로 신뢰하실 수 있으리라 믿습니다.」

투르맨 씨는 손을 뻗어 봉투를 집으려고 했다. 그 순간 그보다 약간 빨리 질리언이 봉투를 들어올렸다. 그는 그 보고서를 봉투째 차분하게 갈기갈기 찢어 주머니 안에 쑤셔넣어 버렸다.

「아뇨, 됐습니다.」

그는 싱글싱글 웃으면서 말을 이었다.

「이런 일로 당신들에게 수고를 끼쳐드릴 필요는 조금도 없습니다. 어차피 명세서에 적어넣은 내용이 당신들에게 이해되리라고는 생각하지 않으니까요. 그 1천 달러는 경마로 날려 버렸죠. 그럼 안녕히.」

질리언이 사라지자 투르맨 씨와 샤프 씨는 서로의 얼굴을 바라보며 이해할 수 없다는 듯이 고개를 흔들었다. 왜냐하면 엘리베이터를 기다리는 질리언이 복도에서 명랑하게 휘파람을 불고 있는 소리가 들려왔기 때문이다.

인생은 연극이다

얼마 전 신문기자인 친구가 요즘 한창 인기를 얻고 있는 버더빌의 연주를 가자는 말에 함께 관람하러 갔다.

공연중에 바이올린 독주가 있었다. 연주자의 나이는 40이 좀 넘어 보였지만 온통 하얀 머리카락에 엄격한 얼굴을 하고 있었다.

나는 음악에 별로 취미가 없었으므로 음(音)의 구성 따위에는 아예 관심조차 없었다. 그래서 연주자의 얼굴만 바라보고 있었다.

「사실 한 두어 달 전에 저 사나이가 화제의 인물이 된 적이 있다네.」

신문기자 친구가 말을 이었다.

「내가 그 사건을 맡게 됐어. 가벼운 흥미를 줄 만한 읽을거리로 만들 예정이었지. 편집장은 내가 가끔 쓰는 삼면 기사의 희문적(戲文

的)인 문장이 마음에 들었던 모양이더라구. 사실 나는 지금 코미디 같은 읽을거리를 하나 쓰고 있거든. 그러나 어쨌든 즉시 무대 뒤로 찾아가서 자료를 모았지. 그런데 제대로 기사화되질 않는 거야. 회사로 돌아가 써봤더니 영락없이 이스트사이드의 장례식기사를 코믹하게 만든 것에 불과했지. 왜냐구? 희문조(戲文調)의 글만 써온 내 펜으로는 제대로 감을 잡을 수가 없었던 거지. 자네라면 그것을 재료로 멋진 일막비극(一幕悲劇)을 써낼지도 모르겠군. 아무튼 나중에 자세히 말해 주겠네.」

공연이 끝나고 나자 친구는 포도주를 마시면서 그 이야기를 해주었다. 그가 이야기를 끝마쳤을 때 내가 말했다.

「어째서 그게 누구나 웃음을 터뜨릴 만한 재미있고 유쾌한 읽을거리가 안 된단 말인가. 만일 그 세 사람이 실제로 무대에서 연극을 하는 배우였더라도 아마 그보다 익살맞고 바보스러운 연기는 할 수 없다고 생각하네. 아니, 솔직히 말해서 모든 무대란 하나의 사회이고, 그곳에 나오는 배우들 역시 이 세상의 흔해 빠진 여자나 남자에 지나지 않는다고 생각하네. 셰익스피어 선생의 말을 빌리자면, 난 인생을 연극이라고 말하고 싶다구!」

「그럼 자네가 한 번 써보지 않으려나?」

친구가 말했다.

「좋아, 한 번 해보지.」

나는 대답했다. 그리고 어떻게 하면 그 이야기가 신문의 읽을거리에 맞는가를 그에게 증명해 보이기 위해서 쓴 것이 바로 다음과 같은 이야기이다.

어빙턴 광장 근처에 한 건물이 있다. 그 건물 아래층은 25년 동안 장난감, 화장품, 문방구 따위를 팔고 있는 작은 가게였다.

20년 전 어느 날 밤 그 가게 이층에서 결혼식이 치러졌다. 이 가게의 건물은 메이요라는 미망인의 소유물이었다. 이 미망인의 딸인 헬렌이 프랭크 바리라는 사나이와 결혼식을 올린 것이다.

헬렌은 18세였으며, 전에 어떤 조간지가 몬트리올의 버트 구(區) '여자살인광' 이라는 큰 제호활자 옆에 그녀의 사진을 실은 일이 있었다. 그러나 독자가 주의를 기울여 사진 밑을 본다면, 그것이 '거리의 미인특집' 이라는 연재물 중 하나에 지나지 않는다는 사실을 깨달을 것이다.

한편 이들의 결혼식에 들러리를 선 사람은 존 델라니였는데, 그와 프랭크는 둘도 없는 친구였다.

오케스트라의 좌석이나 소설책에 돈을 치르는 인간은 모두 이런 장면을 기대하기 마련이다. 사실 이 이야기도 그런 바보스러운 발상에서 비롯된 것이다.

두 사람은 헬렌의 사랑을 얻기 위해 치열한 경쟁을 했다. 그리고 마침내 프랭크가 승리를 거두자 존은 남자답게 그와 악수하고 그를 기꺼이 축복해주었다. 진심으로 축복한 것이다.

결혼식이 끝나자 헬렌은 모자를 가지러 가기 위해 삼층으로 뛰어 올라갔다. 그녀는 여행용 드레스를 입은 채 결혼식을 치른 것이다. 그녀와 프랭크는 일주일 예정으로 올드 포인트 콘퍼트 해안으로 신혼여행을 떠나려던 참이었다.

아래층에서는 얌전하지 못한 그 움막(아파트) 친구들이 헌 구두며 탄 보리, 옥수수 종이봉지를 들고 기다리고 있었다.

그 때 요란한 소리를 내며 비상용 승강구가 열리더니 거의 미치다 시피 된 존 델라니가 그녀의 방으로 뛰어들어 왔다. 그리고 이제는 친구의 아내가 되어 버린 헬렌을 향해 애처롭게 사모의 심정을 호소하면서 자기와 함께 리벨라나 브롱크스 또는 이탈리아의 하늘과 감미로운 꿈이 있는 거리로 도망치자고 애원했다.

이것을 거절하는 헬렌의 단호한 태도를 보았다면, 제아무리 비극물을 자랑하는 브레이니 선생이라도 아마 상당한 충격을 받았을 것이다.

그녀는 큰 눈에 경멸을 가득 담아 냉정하게 거절했다. 존은 지금까지 헬렌이 그토록 냉정하게 말하는 것을 한 번도 본 적이 없었다.

헬렌은 존에게 빨리 눈앞에서 사라지라고 말했다. 평소의 기백과 기세는 어디로 갔는지 존은 고개를 푹 늘어뜨린 채 중얼거렸다.

「그만 충동에 쫓겨…… 그렇지만…… 당신의 모습은 평생 내 가슴에서 사라지지 않을 거요.」

그러나 헬렌은 아무런 말 없이 다만 눈앞에서 사라지라고 비상구를 가리켰을 뿐이었다.

「난 지구 끝으로 가겠소.」

존은 다시금 덧붙였다.

「아주 먼 지구 끝으로 가버리겠소. 당신이 다른 남자의 것이라는
사실을 알면서 당신 가까이에 머물러 있다는 것은 도저히 참을 수 없
는 일이니까. 난 아프리카로 갈 거요. 그리고 타향에서 어떻게든 노
력해 가지고……」

「제발 부탁이니 빨리 나가 줘요. 누가 올지도 몰라요.」

헬렌은 말했다.

존은 한쪽 무릎을 꿇었다. 헬렌은 그에게 흰 손을 내밀어 작별의
키스를 허락했다.

세상의 처녀들이여, 자기가 열렬하게 사랑한 이성을 손에 넣었으
면서도, 사랑하고 있지도 않은 남자가 이마의 곱슬머리를 땀에 적시
고 달려오게 만들어 당신 앞에 무릎을 꿇게 하고, 먼 지구의 끝으로
가겠노라 중얼거리게 하는가 하면, 자기 가슴에는 아마란스의 꽃이
영원히 필 것이라 고백시키는구나. 그런 최고의 은총을 당신들은 위
대한 작은 사랑의 신 큐피드에게 받은 일이 있는가?

자기의 아름다움의 힘을 알고 자기의 행복한 상태를 황홀해하며
확인하면서, 사랑에 멍든 사나이가 당신 손에 마지막 입맞춤을 하고
있을 때, 자기의 손톱이 깨끗이 색칠되어 있음을 기뻐하고 드디어 이
불행한 사나이가 먼 이국 땅으로 사라져 버린다고 생각하는 것은 절

대로 손에 넣어서는 안 되는 쓰디쓴 구슬인 것이다.

그 때──짐작하신 대로──느닷없이 방문이 열렸다. 신부가 모자 끈을 매는 데 시간이 너무 많이 걸린다고 생각한 신랑이 방으로 뛰어 들어온 것이다.

그때 헬렌의 손에 작별의 키스를 마친 존은 막 비상구로 뛰어나가 려 하고 있었다.

희망하신다면 여기서 잠시 가벼운 음악을 삽입하는 것도 좋을 것 이다. 슬프디슬픈 바이올린의 애조(哀調)와 클라리넷 한 곡조와 첼로 한 곡조.

그것이야 어떻든 방안의 정경을 상상해 보라. 마음의 상처를 입은 프랭크는 흥분한 나머지 창백한 얼굴로 마구 외쳐댔다.

헬렌은 그에게 매달리며 사실을 설명하려고 했다. 하지만 그는 그 녀의 손목을 잡아 자기 어깨에서 밀어내고──한 번, 두 번, 세 번, 그 는 그녀를 이리저리 떼밀고──어떻게 했는지는 무대감독에게 질문 하시라──마침내 그녀는 모질게 떠밀려 바닥에 쓰러져 마구 울음을 터트렸다.

그러자 프랭크는 다시는 네 얼굴 따위는 보고 싶지 않다고 고함치 고는 뛰어나가 대경실색하고 있는 축하객들 사이를 비집고 밖으로 미친 듯이 달려나가 버렸다.

그런데 이것은 연극이 아니고 실제로 있었던 일인 만큼, 다음 막이 오를 때까지의 20년 뒤에는 관객들의 신상에도 변화가 일어났을 것이다. 가령 결혼을 했다든가 이미 세상을 떠났다든가 부자가 되었다든가 가난뱅이가 되었다든가 더 행복해졌다든가 불행해졌다든가 하는 변화 말이다.

바리 부인은 그 건물과 가게를 상속했다. 38세가 되었지만 지금도 미인콩쿠르에 출전하면, 18세쯤 되는 처녀를 상대로 하여 단연코 최고점을 딸 것이 분명해 보일 정도로 아름다웠다.

이제는 그녀의 결혼식 때 사건을 기억하고 있는 사람은 거의 없었지만, 그녀는 그 사실을 결코 숨기려 하지는 않았다. 좀약이나 나프탈렌 속에 처넣어 두려고도 하지 않았으나 대신 그것을 잡지에 팔려고도 하지 않았다.

어느 날 돈벌이가 좋은 중년의 변호사가 그녀의 가게에 법률용지와 잉크를 사러 왔다가 카운터 너머의 그녀에게 정중히 구혼했다.

「저, 굉장히 기쁘게 생각해요.」

헬렌은 상냥하게 말을 이었다.

「고마워요. 하지만 저는 20년 전에 어떤 사람과 결혼한 적이 있답니다. 상대방은 남자답기보다도 차라리 바보 같은 사람이라고 말하는 편이 좋은 그런 사람이었지요. 하지만 저는 아직도 그 사람을 사랑하고 있습니다. 하기는 그 사람과 같이 있었던 시간은 결혼식 후 불과 삼십분 정도였지만 말씀이에요. 저어, 필요하신 잉크는 카피용인가요 아니면 필기용인가요?」

변호사는 옛날 수법에 따라 카운터 너머로 머리 숙여 헬렌의 손등

134

에 점잖게 키스하고는 사라졌다.

헬렌은 한숨을 쉬었다. 지금 그녀는 38세였지만 아직도 상당히 아름다웠고, 누구에게나 존경받았다. 그런데도 그녀가 구애자에게 받게 되는 것은 비난 아니면 작별의 말뿐이었다. 게다가 한층 더 나쁜 것은 이 마지막 구애자의 경우는 단골을 한 사람 잃는 셈이었다.

장사가 신통치 않자 헬렌은 방을 세놓는다는 표찰을 매달았다. 삼층의 큰 방 두 개가 적당한 입주자를 기다리는 상태였다.

어느 날 바이올린을 연주하는 라몬티라는 사나이가 방 하나를 계약했다. 시끄러운 산동네는 이 음악가의 섬세한 귀에는 견딜 수 없는 곳이었기에 그의 친구가 사막 속의 오아시스와도 같은 바리 부인의 집을 그에게 소개한 것이다.

진한 눈썹과 아직 젊은 얼굴 그리고 이국풍의 턱수염을 가진 멋진 남자였다. 특히 개성있는 잿빛머리와 밝고 쾌활한 태도는 그 집에서 환영받기에 충분했다.

헬렌은 가게 이층에 살고 있었다. 이 집의 구조는 약간 색달랐다. 홀이 크고 거의 사각형이어서 그 한쪽 끝을 가로질러 가면 삼층으로 통하는 계단이 있었다.

홀은 거실 겸 사무실로 그녀는 그곳에 사무용 가구들을 두었다. 책상을 놓고 그곳에서 사업용 편지를 썼으며, 밤에는 따뜻한 불 옆 밝은 전등 밑에서 뜨개질을 하거나 책을 읽었다.

라몬티는 홀의 분위기가 무척 마음에 들어 많은 시간을 그곳에서 보냈다. 그리고 그가 사사(師事)한 적이 있는, 저명했지만 잔소리가 심했던 바이올리니스트와 함께 생활한 파리에서의 생활을 바리 부인에게 들려주기도 했다.

그 옆방에 세를 든 사람은 40대쯤 된 우울한 얼굴의 미남자였다. 신비로운 갈색의 턱수염을 기르고, 호소하는 듯한 눈빛의 사나이였다. 그 또한 헬렌의 거실을 좋아했다. 로미오의 눈과 오델로의 혀로 그는 머나먼 이국의 이야기를 들려주어 헬렌을 황홀하게 해주었으며, 고상하고 품위 있는 표현으로 그녀의 마음을 떠보기도 했다.

헬렌은 이 사나이를 처음 만났을 때부터 이상한 느낌이 들었다. 그의 목소리는 왠지 낯익었고, 그와 이야기를 하고 있으면 어느새 그녀를 청춘의 로맨스 시절로 데려다 주었다.

이 감정은 차츰 발전하여 그녀는 점점 빠져들어갔다. 그리고 그가 젊은 날의 로맨스 가운데 중요한 인물이라는 본능적인 확신으로 그녀의 마음을 차츰 이끌어가게 되었다.

그 뒤로는 여성 특유의 논리에 의해──그렇다, 여성이라는 존재는 무릇 그러하다──통상의 삼단논법이나 정리(定理)나 논리를 뛰어넘어 버렸다. 자신의 남편이 돌아온 것으로 착각해 버리고 만 것이다. 왜냐하면 헬렌은 그의 눈 속에서 여자가 아니면 절대로 잘못 보지 않는 사랑의 표시와 뉘우침과 비탄을 보았기 때문이다. 그리고 그런 것들은 강한 연민의 감정을 그녀의 마음에 심어 주었다.

그러나 그녀는 그런 마음을 표현하지는 않았다. 20년 동안 근처를 서성이다가 느닷없이 돌아온 남편이 당장 슬리퍼를 신고 담배를 피울 수 있게 성냥이 준비되기를 기대할 수는 없으리라.

그런데 나의 친구인 신문기자는 이 이야기 속에서 익살이라고는 전혀 발견할 수 없다는 것이다. 이처럼 기막히게 유쾌하고도 익살맞은 이야기에서 재미를 모른다니. 아니, 나는 내 친구를 끌어내릴 생각은 전혀 없으니 그냥 이야기를 진행하기로 하자.

어느 날 밤 라몬티는 헬렌의 거실로 들어와 예술가의 정열과 상냥함을 담아 사랑을 고백했다. 그 말은 몽상가와 실천가가 함께 존재하는 남자의 마음에 타오른 성화(聖火)의 불길이었다.

「당신의 대답을 듣기 전에 한 가지 드릴 말씀이 있습니다.」

라몬티는 헬렌이 미처 대답할 틈도 주지 않고 말을 계속했다.

「라몬티는 당신 앞에서 말할 수 있는 유일한 내 이름입니다. 내 매니저가 지어 준 이름이지요. 나는 내가 어떤 사람인지, 어디 출신인지 전혀 모른답니다. 어떤 병원에서 눈을 떴을 때가 내 최초의 기억이에요. 나는 그 때 청년이었는데, 그 뒤 몇 주일을 그 병원에서 살았지요. 그 전의 생활은 전혀 기억에 있지 않습니다. 남들이 그러더군요, 머리에 부상을 입고 길바닥에 쓰러져 있는 것을 병원으로 옮긴 것이라구요. 쓰러질 때 돌에 머리를 부딪혀서 기억상실이 된 것이지요. 신원을 나타낼 만한 것은 전혀 없었고, 과거에 대한 기억도 없었습니다. 퇴원한 뒤 나는 바이올린 연주자가 됐지요. 그리고 성공했습니다. 바리 부인——제가 아는 당신 이름은 이것밖에 없군요——나는 당신을 사랑하고 있습니다. 처음 당신을 만났을 때 당신이야말로 내가 평생을 찾아온 단 하나의 여성이라고 생각했습니다. 그리고…….」

그런 식의 설득이 계속되었다.

헬렌은 다시금 젊음을 느꼈다. 처음에는 여자로서의 긍지의 물결을, 이어 허영의 감미로운 전율이 온몸에 밀려왔다. 그러자 큰 고동이 그녀를 감쌌다.

고동은 그야말로 그녀로서는 짐작조차 못할 정도로 컸다. 그녀는 깜짝 놀랐다. 이 사나이가 그녀의 인생에 있어 큰 비중을 차지하고 있었다는 사실을 비로소 깨달은 것이다.

「라몬티 씨, 정말 안 됐습니다만, 저는 이미 결혼을 했습니다.」

그녀는 슬픈 듯이 말했다——거듭 말해두지만, 이곳은 무대가 아니라 어빙턴 광장 근처의 오래된 집안인 것이다——그리고는 헬렌은 거절할 수밖에 없는 자신의 슬픈 사연을 이야기했다.

라몬티는 그녀의 손을 잡고 몸을 굽혀 키스를 하고는 자기 방으로 말없이 물러났다.

헬렌은 의자에 주저앉아 슬픈 눈으로 자기의 손을 바라보았다. 그것도 무리는 아니리라. 세 명의 구혼자가 모두 이 손에 키스만 남긴 채 재빨리 사라져 버렸으니까.

한 시간쯤 지나자 이번에는 호소하는 듯한 눈빛의 신비로운 사나이가 들어왔다. 그 때 헬렌은 등의자에 기대어 털실로 뜨개질을 하고 있었다. 그는 계단에서 내려와 걸음을 멈추었다. 그는 테이블을 사이에 두고 마주 앉자 느닷없이 사랑을 고백하기 시작했다.

「헬렌, 당신은 날 기억하지 못하나요? 당신의 눈이 그것을 말해주고 있어요. 과거는 씻어 버리고 20년이나 간직해 온 내 사랑을 받아줄 수 없나요? 난 당신한테 큰 잘못을 저질렀소. 그래서 당신 곁으로 돌아오기가 겁이 났던 게요. 하지만 사랑은 마침내 이성을 극복했소. 날 용서해 주세요.」

헬렌은 일어섰다. 사나이는 그녀의 한 손을 잡고 떨면서 굳게 쥐었다.

그녀는 그대로 서 있었다. 이런 기막힌 장면을, 그리고 그녀의 마음의 움직임을 어느 누구도 무대에서 표현할 수 없다는 것이 참으로 안타까울 뿐이다.

실은 그녀의 마음은 둘로 나뉘어 있었다. 남편에 대한 잊을 수 없는 순수한 처녀의 애정과, 처음으로 선택한 사나이에 대한 비밀스럽고도 아름다운 감정이 그녀의 마음을 절반이나 차지하고 있었다.

그녀는 순수한 감정으로 기울어져 갔다. 존경과 정절과 늘 꺼지지 않은 감미로운 로맨스가 그녀의 마음을 단단히 묶어두고 있었다. 하지만 그녀의 영혼의 절반은 다른 것으로 채워져 있었다. 충실하고도 보다 깊은 감동으로 채워져 있었던 것이다.

이리하여 해묵은 것과 새로운 것이 그녀의 마음속에서 싸우기 시작했다.

그녀가 망설이고 있는 사이에 위층 방에서 부드럽고도 가슴을 조이는 것 같은, 애원하는 어조의 바이올린 소리가 흘러 나왔다. 음악이라는 마왕(魔王)은 왕자(王者)의 마음까지 움직이는 법이다. 심장이 소매 위로 나와 있는 인간이라면, 그것을 까마귀가 쪼아도 아프지도 가렵지도 않을 테지만, 심장이 고동 위에 있는 인간에게 있어서 음악이란 굉장한 효과를 초래했다.

그 음악과 음악가가 그녀를 불렀다. 그러나 동시에 옛사랑이 그녀를 멈추게 했다.

「날 용서해 주시오.」

그는 애원했다.

「20년이라는 세월은 당신이 사랑하고 있다고 말씀하시는 사람과 떨어져서 살기엔 너무나 길지 않은가요?」

그녀는 원망스러운 눈길로 말했다.

「어떻게 설명하면 될까?」

그는 다시금 애원하며 말했다.

「그렇지, 모든 걸 고백해 버리겠소. 그 날 밤 그가 이 집에서 나갔을 때 나는 뒤따라갔었소. 질투 때문에 제정신이 아니었던 거요. 난 어둠 속에서 그를 때려 쓰러뜨렸소. 그는 일어나지 못했지. 가까이 다가가 보니 그의 머리가 돌에 부딪혔소. 난 결코 그를 죽이려고 했던 건 아니오. 다만 사랑과 질투로 미쳐 있었던 거요. 헬렌, 물론 당신은 그와 결혼한 바 있소. 그렇지만…….」

「어머나! 당신은 대체 누군가요?」

그녀는 눈을 크게 뜨고는 손을 뿌리치며 소리쳤다.

「날 기억하지 못한단 말인가요, 헬렌? 언제나 당신을 가장 깊이 사랑해온 나를? 존 델라니라구요. 만일 당신이 용서해 준다면 나는…….」

그러나 그 때 그녀는 이미 그곳에 없었다. 그녀는 쓰러지고 뛰고 하면서 층계를 뛰어올라갔다. 그녀를 기억하지는 못하지만, 그 두 번째 인생에 있어 그녀를 사랑하고 있는 사나이에게 달려갔다. 그녀는 달려가면서 울고, 소리치고, 마치 노래하듯 외쳤다.

「프랭크, 오오 프랭크! 나의 프랭크!」

이렇듯 이 세 개의 영혼은 세 개의 당구공처럼 세월에 희롱당한 것이다.

나의 친구인 신문기자가 이 속에서 어떠한 익살도 찾아 내지 못하는 이유가 무엇일까?

희생타

《하스스턴 매거진》의 편집장은 잡지에 실을 원고를 선정할 때 나름대로의 생각을 가지고 있었다. 그의 방식은 비밀도 아무것도 아니므로 여러분에게 기꺼이 설명해 줄 수 있다.

마호가니 책상 앞에 앉아 상냥한 미소를 지으며 자기의 무릎을 금테안경으로 조용히 두드리면서 그는 이렇게 말할 것이다.

「우리 하스스턴 사는 말씀입니다. 리더들은 고용하지 않습니다. 기고된 원고에 대한 의견은 우리들 갖가지 계층의 애독자 여러분들에게 직접 알아보고 있습니다.」

이것이 편집장의 방식이다. 그리고 그것은 이런 식으로 수행되었다.

우선 원고뭉치가 들어오면, 편집장은 자기의 모든 주머니에 원고를 모조리 쑤셔넣고는 여기저기 돌아다니면서 그것을 배부한다. 회사 사무원, 수위, 관리인, 엘리베이터 보이, 데신저 보이, 편집장이 점심을 먹으러 들르는 식당의 웨이터, 그가 늘 석간신문을 사는 뉴스탠드의 주인, 식품점 주인, 우유 가게 주인, 다섯시 삼십분발 북행고가철도의 차장, 육십몇 번인가 역의 개찰계(改札係), 자기 집의 요리사 겸 가정부 일을 맡고 있는 여자애……. 이들이 모두 리더로, 하스스턴 매거진 사로 보내진 원고를 검토한 후 의견을 말해 주는 것이다.

만일 편집장의 주머니가 텅 비기 전에 그가 가족의 품으로 돌아와 버리는 경우에는 나머지 원고는 마누라의 손에 넘겨져, 아기가 자고 난 뒤에 읽어 달라고 하였다.

그리고 이삼 일이 지나면 편집장은 언제나처럼 정해진 코스를 돌면서 하나하나 모아 그 갖가지 의견을 참고하는 것이다.

이런 식으로 잡지를 만드는 방법은 그야말로 잘 들어맞았다. 따라서 발행 부수는 광고료의 수입이 늘어남에 따라 보조를 맞추어 기막힌 기록을 세우고 있었다.

하스스턴 사는 단행본도 출판하고 있었는데 그 중 몇 가지는 큰 성공을 거둔 책으로 꼽힐 정도였다. 게다가 그런 책들은 모두——편집장의 말에 의하면——하스스턴 사의 많은 독지가들에 의해 추천된 것이라는 것이다.

그러나 때로는——편집부의 수다쟁이들에 의하면——하스스턴 사도 이 잡다한 리더들의 충고에 따르는 바람에 모처럼의 원고를 놓친 적이 있다. 후에 그 원고가 다른 출판사에서 출판되어 기막힌 베스트셀러가 된 적도 있다는 것이다.

가령 『사이러스 라텀의 향상과 하향』은 엘리베이터 보이가 반대를 했고, 웨이터는 『사장』이 별볼일없다고 평했으며, 『주교(主敎)의 마차를 타고』는 전차 운전사에게 경멸을 당했고, 『해방』은 예약구독 접수계에게 거부되었는데, 이 모두가 다른 데서 출판되어 베스트셀러가 되었다.

그럼에도 불구하고 하스스턴 사는 그 방식과 시스템을 굳게 지켜왔다. 그리고 앞으로도 독지가 리더들이 모자라는 일은 절대로 없을 것이라고 생각한다. 왜냐하면 널리 흩어져 있는 리더들 모두——편집부의 젊은 타이피스트부터 석탄을 삽으로 퍼 넣는 인부에 이르기까지(이 사나이의 반대 결정 때문에 하스스턴 사는 모처럼의 원고를 잃어버렸거니와)——가 언젠가는 이 잡지의 편집장이 된다는 기대를 품고 있었기 때문이다.

하스스턴 사의 이 방식을 앨런 스레이턴도 잘 알고 있었다. 마침 그가 '사랑이야말로 모두'라는 제목의 단편소설을 쓰고 있었을 때의 일이다. 스레이턴은 모든 잡지의 편집부를 모조리 돌아다니며 끈질기게 원고를 흥정하고 있었던 만큼, 뉴욕의 모든 편집부 내부 사정을 꿰뚫고 있었다. 그러므로 하스스턴 사의 편집장이 연애물은 편집장의 속기계인 파후킨 양에게 보낸다는 사실도 알고 있었다.

그런데 이 편집장은 작자의 이름은 반드시 리더들에게 비밀로 해 두고 있었다. 그것은 빛나는 이름이 리더들의 보고의 성실함을 좌우하지 못하도록 하려는 배려였던 것이다.

스레이턴은 「사랑이야말로 모두」를 모든 생명을 걸어 역작으로 만들었다. 그는 6개월 동안 그의 마음과 두뇌를 모두 이 작품에만 쏟았다.

그것은 순수한 연애소설로서 아름답고 로맨틱하며 정열적인 작품이었고, 하나의 산문시라고 할 수 있었다. 그는 사랑을 신이 인간에게 준 온갖 혜택 가운데 가장 위에 올려놓았다.

스레이턴의 문학적 야망은 실로 대단했다. 다른 세속적인 보물은 모두 희생하더라도 자기가 선택한 예술로 이름을 날리고 싶었다. 오른손 하나쯤 잘라내더라도, 또는 몸 전체를 맹장전문의사를 꿈꾸는 돌팔이 의사의 메스 앞에 바치더라도 꿈을 실현시켜서 자기의 역작이 하스스턴 지에 실리는 것을 보고 싶었다.

드디어 스레이턴은 「사랑이야말로 모두」를 완성했다. 그리고 그것을 직접 하스스턴 사로 가지고 갔다. 이 잡지사는 몇 개의 회사가 모여있는 큰 빌딩 안에 있었고, 그 빌딩 일층에는 관리인이 있었다.

스레이턴이 입구로 들어가 엘리베이터 쪽으로 가려고 하자 포테이토를 만드는 데 쓰이는 도구가 날아와 스레이턴의 모자를 강타하고는 문의 유리를 부수어 버렸다.

이 주방용품에 이어 이번에는 관리인이 뛰어왔다. 그는 몸집이 컸으나 과히 건강해 보이지 않는 사나이로서 바지를 끌어 올리는 멜빵도 풀린 채, 지저분한 모양으로 허둥지둥 숨을 헐떡이고 있었다.

그리고 역시 지저분한 차림의 뚱뚱한 여자가 머리를 헝클어뜨리고 뒤쫓아왔다. 관리인의 발이 타일 바닥에 미끄러져 절망의 비명을 올리면서 털썩 쓰러졌다. 그러자 여자는 남자에게 덤벼들며 머리카락을 쥐어뜯었다. 사나이는 신음소리를 냈다.

어느 정도 화가 풀렸는지 여자는 일어나서 유유히 물러났다. 마치 미네르바(로마신화의 여신)처럼 말이다. 관리인도 일어섰다. 그는 피로해 보였으나 그보다는 자존심이 몹시 상한 듯했다.

「결혼을 하면 이렇다니까요.」

그는 스레이턴에게 계속해서 말했다. 약간 기분이 언짢은 투였다.

「저 사람이 그 옛날에 내가 밤잠도 못 자고 사모했던 처녀랍니다. 모자를 떨어뜨리게 해서 미안하군요. 제발 지금 본 광경을 빌딩 사람들에겐 비밀로 해주십쇼. 목이 날아가게 되면 곤란하거든요.」

스레이턴은 엘리베이터를 타고 하스스턴 사로 올라갔다. 그리고는 원고를 편집장에게 맡겼다. 편집장은 원고의 채택여부를 일주일 뒤에 알려주겠다고 약속했다.

스레이턴은 아래층으로 내려가면서 기막힌 승리의 계획을 세웠다. 그 계획은 너무나 완벽해서 눈부실 정도였다. 그는 그런 명안(名案)을 생각해낸 자기의 천재성에 감탄하지 않을 수 없었다. 그래서 그날 밤 그는 당장 실행에 착수했다.

하스스턴 사의 속기계인 파후킨 양은 스레이턴과 같은 집에 하숙하고 있었다. 그녀는 나이가 좀 들어 보였으며 몸이 말랐고, 배타적이면서 센티멘털한 여자였다. 스레이턴은 얼마 전에 그녀를 소개받은 적이 있었다.

스레이턴의 대담하고도 자기 희생적인 계획은 이러했다. 그는 하스스턴 사의 편집장이 연애 소설에 대한 원고는 파후킨 양에게 검토를 의뢰한다는 사실을 알고 있었다. 그녀의 기호는 순수 연애 소설을 탐독하는 여느 여성들을 대표하고 있었다.

「사랑이야말로 모두」의 테마는 남녀가 첫눈에 반한다는 것이었다. 그러한 사랑의 감정은 황홀하면서도 영혼까지 떨리게 만드는 것으로서, 한 사람의 마음이 상대방의 마음에 말하는 순간 피차 상대방을 영원한 자기의 사랑이라는 것을 인정하게 만드는 감정이었다.

만일 그가 이런 신성한 진리를 파후킨 양의 가슴에 새겨넣는다면 어떨까? 그녀는 반드시 「사랑이야말로 모두」를 추천해 주지 않을까?

그래서 그날 밤 스레이턴은 파후킨 양과 함께 극장에 갔다.

그 다음날 밤에는 하숙집 어두운 담화실에서 그녀에게 열렬히 사랑의 밀어를 퍼부었다. 그리고 사랑의 대사는 「사랑이야말로 모두」 안에서 인용했다. 그것을 끝냈을 무렵에는 파후킨 양의 머리가 그의 어깨에 기대어 있었고, 그의 머리 속에는 문학적 명성의 환영이 춤을 추었다.

그러나 스레이턴은 사랑의 말만으로 머물지 않았다. 그는 진짜 도

박꾼처럼 전 재산을 몽땅 걸었던 것이다. 다시 말해 목요일 밤 그는 파후킨 양과 함께 교회로 직행해서 결혼을 해버린 것이다.

용감한 스레이턴이여! 샤트브리 양은 다락방에서 죽었고, 바이런은 미망인을 설득했으며, 키츠는 굶어죽었고, 포는 마시는 것을 잘못 알았다. 더 퀸시는 아편을 먹었으며, 에이드는 먼 시카고에 살았고, 디킨즈는 흰 양말을 신었으며, 모파상은 미치광이가 입는 옷을 입고, 에레미어는 울었다.

이들 작가들이 이런 행동을 한 것은 모두 문학을 위해서였다.

그러나 스레이턴이여, 그대는 그들 모두를 뛰어넘는 행동을 했노라. 그대는 명성의 전당에 스스로 앉을 자리를 만들고자 아내를 얻은 까닭에!

금요일 아침 새 아내인 스레이턴 부인은 하스스턴 사로 가서 검토한 원고 몇 개를 돌려준 다음 사직서를 내겠다고 말했다.

「그래, 저어…… 뭔가…… 저어, 그러니까 특히 당신 마음에 든 게 있었소? 돌려주러 가는 원고 가운데 말이오.」

스레이턴은 가슴을 두근거리면서 물었다.

「하나 있었어요. 단편이지만 아주 마음에 들었어요. 이 몇 년 사이에 읽어본 것 중에서 이 원고의 절반만큼이라도 박진감 있는 작품은 없었다구요.」

그의 아내는 말했다.

그날 오후 스레이턴은 서둘러 하스스턴 사로 달려갔다. 보수와 명성이 바로 눈앞에 있는 것 같았다. 《하스스턴 매거진》에 한 편이라도 실리면 문학적 명성은 이내 자신의 것이 되는 것이다.

그런데 급사가 사무실 입구에서 그를 가로막았다. 아직 이름조차 없는 작가들이 편집장을 직접 만날 수 있는 경우는 극히 드물었기 때문이다.

스레이턴은 흥분에 들떠서 '이번에 성공하면, 이 급사 따위는 밀쳐 버리고 안으로 들어가고 말 테다' 고 결심했다.

그는 원고 검토 결과를 물었다. 그러자 급사가 안으로 들어가더니 이윽고 큰 봉투를 가지고 나왔다.

「편집장이 이렇게 전하라고 말씀하셨습니다.」

급사는 다시금 덧붙였다.

「미안하지만 당신 원고는 저희 잡지엔 도저히 실릴 수 없습니다, 라구요.」

스레이턴은 순간 멍청해졌다.

「이것 봐요. 미스 파후…… 결국 나의…… 아니, 파후킨 양이 오늘 아침 단편 하나를 넘겼는지 어떤지 모르나? 읽어보라고 했던 원고 말이야.」

그는 더듬거리면서 간신히 말했다.

「네, 넘겨드렸고말고요.」

급사는 무엇이든 알고 있는 것 같은 투로 계속해서 말했다.

「편집장 말로는 파후킨 양이 기막힌 작품이라고 말했다는군요. 제

목은 '돈을 위한 결혼, 또는 근로여성의 승리' 라고 하던데요.」

이어 급사는 친근한 투로 말했다.

「그리고 보니 당신 이름이 스레이턴 씨였군요. 당신한텐 정말 안됐지만, 내가 원고를 잘못 전달한 모양이더군요. 그럴 작정은 아니었는데 말입니다. 지난번 편집장이 원고를 넘겨주면서 여러분한테 갖다주라고 했을 때 그만 파후킨 양의 원고와 관리인 아저씨의 원고를 바꿔서 넘겨준 거죠. 그렇지만 그 때문에 큰 지장이 있는 건 아닐 테죠?」

스레이턴은 얼굴을 가까이 대고 자기의 원고봉투를 보았다. 거기에는 '사랑이야말로 모두' 라는 제목 밑에 관리인의 짤막한 평이 다음과 같이 적혀 있었다.

「빌어먹을, 헛소리 좀 작작 하라구!」

마녀의 빵

마더 미참 양은 거리 모퉁이에서 작은 빵가게를 경영하고 있었다. 입구의 층계를 세 개쯤 올라가 문을 열면, 짤랑짤랑 방울이 울리는, 그런 종류의 가게였다.

마더 양은 40세로 은행의 통장에는 2천 달러의 예금이 있었고, 게다가 두 개의 틀니와 동정심이 많은 여자였다. 40세쯤 되면 대부분의 여자는 결혼을 했겠지만, 그런 사람들의 결혼 조건에 비하면 마더 양 쪽이 훨씬 좋았다.

어느 날부터인가 일주일에 두어 번씩 이 가게에 오는 손님이 있었고, 그녀는 그 손님에게 흥미를 품기 시작했다. 그는 중년의 사나이로 안경을 끼고 있었고, 갈색의 턱수염은 꼼꼼하게 깎여 있었으며 턱 끝이 뾰족했다. 사나이는 독일 사투리가 강한 영어를 쓰고 있었다.

옷은 지저분하고 군데군데 기운 데가 있었으나 차림새는 깨끗하고 예의범절도 훌륭했다.

그는 언제나 군은 빵 두 개를 사갔다. 갓 구운 빵은 한 개에 5센트였고 군은 빵은 두 개에 5센트였다. 그런데 그가 사는 것은 언제나 군은 빵이었다.

언젠가 마더 양은 불그스레한 얼룩이 남자의 손가락에 묻어 있는 것을 보고는 그를 몹시 가난한 화가라고 단정지었다.

'보나마나 어딘가의 다락방에 살고 있을 거야. 그런 곳에서 그림을 그리거나, 군은 빵을 뜯어먹거나, 우리 집의 맛있는 음식 따위를 생각할 테지?'

마더 양은 식탁에 앉아 두껍게 자른 고기와 부드러운 롤빵과 잼과 홍차를 들 때마다 한숨을 쉬며 생각했다.

'그 상냥한 화가가 자기와 함께 이 맛있는 식사를 하면 좋을 텐데. 썰렁한 다락방에서 돌처럼 굳어 버린 빵을 혼자 먹지 말고……'

앞에서도 말했듯이 마더 양은 동정심이 많았다.

그녀는 그의 직업에 대한 자기의 짐작이 맞았는지 알기 위해 어느 날 자기 방에서 그림 한 장을 꺼내와 카운터 뒤쪽에 걸어두었다.

그것은 베니스의 풍경화였다. 장려한 대리석 궁전(이렇게 그 그림에는 적혀져 있었다)이 앞바다에 서 있었다. 그 밖에는 곤돌라가 있었는데, 그 안에 탄 귀부인이 꼬리를 끌 듯이 물에 손을 담그고 있었다. 그리고 구름과 하늘이 있었고, 또한 명암의 배합도 훌륭한 그림이었다. 화가라면 누구든 이 그림에 주목하지 않을 수 없으리라.

그로부터 이틀쯤 지나 그 손님이 들어왔다.

「굳은 빵 두 개 주시지요.」

그녀가 빵을 싸고 있을 때 그가 다시 입을 열었다.

「저기 예쁜 그림이 있군요, 부인.」

마침 그녀가 빵을 싸고 있을 때였다.

「그래요?」

마더 양은 자기의 교묘한 수법에 감탄하며 계속해서 말했다.

「저는 아주 좋아한답니다. 미술과 그리고…… 그림을요.」

그녀는 잠시 뜸을 들이다 '화가'라는 말 대신 '그림'이라는 말로
바꾸어 말했다.

「잘 그린 그림이라고 생각하시나요?」

「글쎄요, 궁전이 제대로 그려져 있질 않군요. 원근법이 잘못되었습
니다.」

그는 대답한 후 빵을 손에 들자 서둘러 밖으로 나갔다.

'맞아, 역시 그 사람은 화가야.'

마더 양은 회심의 미소를 지으며 그림을 자기 방에 갖다 놓았다.

그 얼마나 상냥하고 동정심 많은 눈이 안경 속에서 빛나고 있었던
가! 그 얼마나 넓은 이마의 소유자란 말인가! 원근법을 한눈에 판단
할 수 있다니. 그런데도 굳은 빵을 씹으면서 살고 있다니!

하기야 천재란 세상에서 인정을 받을 때까지 고생하는 일이 흔히

있으니까. 만일 천재가 2천 달러의 예금과 빵가게와 상냥하고 동정심 많은 마음의 여인에게 응원을 받는다면, 예술을 위해서나 원근법을 위해서나 그 얼마나 기막힌 일인가?——그러나 그것은 한낮의 꿈에 지나지 않소이다, 마더 양.

근래에는 그도 가게에 오면, 진열장을 사이에 두고 한동안 이야기를 나누고 돌아가곤 했다. 아마도 마더 양의 밝은 목소리를 듣고 싶은 모양이었다.

그는 여전히 굳은 빵을 사갔다. 그 외에 케이크 하나, 파이 하나, 아니면 그녀가 자랑하는 기막힌 설리 런 하나 사려고 하지 않았다.

그녀의 눈에는 그가 차츰 마르고 기운이 없어져가는 것처럼 보였다. 그녀의 마음은 그의 이 초라한 물건에 무언가 맛있는 것을 첨부해 주고 싶은 심정이었다. 그러나 막상 실행하려는 단계에서 그녀의 용기는 번번이 무너졌다. 그에게 창피를 주는 짓은 도저히 할 수가 없었다. 그녀도 예술가의 자존심을 알고 있었기 때문이다.

마침내 마더 양은 물방울 무늬의 비단블라우스를 입고 가게에 나왔다. 그리고 방에서는 마르메로의 씨앗과 붕사(硼砂)를 섞어 신비적인 혼합물을 만들었다. 많은 사람들이 얼굴빛을 곱게 하는 데 그것을 사용했기 때문이다.

어느 날 그 손님이 여느 때처럼 들어와서 5센트짜리 동전을 진열장 위에 놓고는 굳은 빵을 주문했다. 마더 양이 빵을 꺼내려는데 갑자기 큰 나팔 소리와 종 소리가 들려오고, 소방차가 부산스럽게 지나갔다.

손님은 문 쪽으로 뛰어나가 밖을 내다보았다. 문득 생각이 떠오른 마더 양은 이 기회를 놓치지 않고 재빨리 이용했다.

카운터 뒤 가장 아래쪽 선반에 버터가 1파운드쯤 있었다. 우유 배달부가 십분쯤 전에 놓고 간 것이었다. 마더 양은 나이프로 이 굳은 빵에 깊숙이 홈을 만들어 버터를 잔뜩 밀어 넣고는 다시 단단히 붙였다. 손님이 제 자리로 돌아왔을 때 그녀는 빵을 싸고 있었다.

여느 때처럼 잠시 즐거운 이야기를 나눈 뒤 그가 가버리자 마더 양은 혼자 생긋 웃었다. 하지만 약간의 마음의 동요가 없지는 않았다.

너무 대담했던 것이 아닐까? 기분 나빠하지는 않을까? 하지만 그럴 리는 없을 거야. 식품말('꽃말'에 비유한 것) 같은 건 있을 리 없는 걸. 버터는 처녀답지 않은 행동을 상징한다는 말은 절대 없어.

그날은 줄곧 이 문제로 그녀의 마음이 혼란스러웠다. 이 작은 속임수를 그가 발견할 때의 광경을 그녀는 수없이 상상해 보았다.

그 사람은 손에 들었던 붓과 팔레트를 놓을 것이다. 눈앞에는 캔버스가 서 있고, 거기에는 미완성의 그림이 걸려 있다. 그 그림의 원근법은 훌륭하여 한 점 나무랄 데가 없는 것이리라. 그리고는 굳어빠진 빵과 물로 여느 때처럼 점심식사를 할 것이다. 빵을 나이프로 자른다…… 아아!

마더 양은 얼굴을 붉혔다. 그 사람, 빵을 먹을 때 그곳에 버터를 넣은 내 솜씨를 생각해 줄까? 그리고 그 사람……. 그때 가게의 방울이 요란하게 울렸다. 누군가가 구두 소리를 내면서 안으로 들어왔다.

마더 양은 서둘러 가게로 나갔다. 두 사나이가 그곳에 서 있었다. 한 사람은 젊은 사나이로 파이프를 피우고 있었다. 이제껏 한 번도 본 일이 없는 사나이였다. 또 한 사람은 그 화가였다. 그의 얼굴은 시뻘겋게 되어, 모자를 비스듬히 쓰고 있었으며, 머리카락은 마구 헝클어져 있었다. 그는 두 주먹을 힘껏 쥐고 마더 양을 향해 흔들어댔다.

「이런 바보 같으니라구!」

그는 큰소리로 신음하듯이 외쳤다.

그리고는 '얼간이!' 어쩌구 따위의 말을 독일어로 소리쳤다. 젊은 사나이는 그를 끌고 나가려고 했다.

「싫어! 난 안 간다구.」

그는 화를 내며 계속해서 큰소리쳤다.

「이 여자한테 말해 줄 테야.」

그는 마더 양의 카운터를 큰북인 양 두드렸다.

「당신 때문에 난 이제 끝장이라구.」

그는 고래고래 소리를 질렀다. 그의 푸른 눈은 안경 안에서 이글거렸다.

「이봐요, 당신은 부질없는 참견꾼이라구! 늙은 살쾡이란 말야!」

마더 양은 비틀거리며 카운터에 기대서서 한쪽 손을 물방울 무늬 비단블라우스 위에 갖다 댔다. 그러자 젊은 사나이가 그 화가의 멱살을 잡으며 말했다.

「그만 가자구. 그쯤 했으면 됐잖아?」

그리고는 여전히 화를 내고 있는 그 화가를 밖으로 끌고나갔다. 잠시 후 그가 다시 돌아왔다.

「아무래도 설명을 해드려야 할 것 같군요, 부인. 어째서 이런 소동이 일어나게 됐는지를 말입니다. 그의 이름은 브룸베거리라고 합니다. 건축설계 제도사지요. 나 역시 같은 사무실에 있는 사람입니다.」

그는 잠시 사이를 두고 나서 말했다.

「그는 석 달 동안이나 고생하여 새로운 시청의 설계도를 그리고 있었지요. 현상응모작품이었습니다. 그래서 어제 간신히 끝냈습니다. 아시다시피 설계 제도사들은 제도를 할 때 먼저 연필로 그리지요. 그리고 먹으로 그리고 나면 그 연필로 된 선을 지워 버립니다. 굳은 빵을 손바닥 가득 뜯어 가지곤 벅벅 문지르죠. 그편이 지우개보다 훨씬 잘 지워지기 때문입니다.」

사나이는 다시금 말했다.

「그는 그 빵을 사기 위해 이곳에 드나들고 있었던 겁니다. 그런데 오늘…… 저어, 아실 테죠, 부인. 그 버터가…… 저어, 결국 그의 설계도는 이제 쓸모없게 돼버린 겁니다. 글쎄요, 작게 잘라 역에서 파는 샌드위치 속에라도 넣는다면 모르지만 말씀입니다.」

마더 양은 방으로 들어갔다. 그리고는 물방울 무늬 비단블라우스를 벗고 늘 입고 있던 낡은 갈색 옷으로 바꾸어 입은 다음 마르메로의 씨앗과 붕사를 섞은 물건을 창으로 힘껏 던져 버렸다.

나팔 소리

이 이야기의 절반은 경찰서의 기록을 조사하면 알 수 있다. 그러나 나머지 절반은 어떤 신문사의 영업부 접수구로 가지 않으면 알 수가 없다.

어느 날 오후, 백만장자인 노클로스가 아파트에서 강도에게 살해된 사건이 일어난 지 이주일 뒤, 그 때의 범인이 시치미를 떼고 브로드웨이를 걷고 있다가 우연히 바니 우즈 형사와 마주쳤다.

「아니, 조니 캐넌 아냐?」

우즈는 놀라워하면서 물었다. 그는 5년 전부터 사복근무를 하고 있었다.

「여어, 그렇게 말하는 자네는 센트 조셉의 일꾼인 바니 우즈 아냐? 대체 자네 이런 동부(東部)에서 무얼 하고 있는 거야?」

캐넌은 힘찬 목소리로 외쳤다.

「몇 년 전부터 뉴욕에 와 있지. 시경에 근무하고 있다구.」

「그것 참.」

캐넌은 기쁨에 들뜬 몸짓으로 형사의 팔을 우악스럽게 두드렸다.

「마더의 가게로 가자구. 조용한 데서 자네한테 할 말이 있으니까 말이야.」

우즈가 그에게 말했다.

네시는 손님이 몰려들 만한 시간이 아니어서 두 사람은 술집 구석에 자리를 잡았다. 캐넌은 말쑥한 차림에 어깨를 약간 들먹이며 자신만만한 태도로 앉았는데, 그 맞은편에 앉은 키 작은 형사는 엷은 모랫빛 입수염을 기르고 껌벅거리는 눈으로 그를 보았다.

「요즘 무슨 일을 하고 있나? 나보다 1년 전에 센트 조셉을 떠났었지, 아마?」

우즈 형사가 물었다.

「광산 주식을 팔고 있다네. 잘 하면 이곳에 사무실을 차리게 될지도 모른다구. 그렇긴 하지만 정말 놀랐는데, 옛날의 바니가 뉴욕의 형사가 됐다? 하긴 그러고 보니 자네는 옛날부터 그런 방면에 맞았어. 내가 센트 조셉을 떠난 뒤에도 한동안 그곳 경관으로 근무하고 있었지?」

「6개월이었지.」

우즈는 다시금 덧붙였다.

「그런데 또 한 가지 질문이 있네, 조니. 난 자네가 사라토카에서 저지른 그 호텔사건 뒤로 줄곧 자네의 기록을 뒤쫓고 있었어. 그리고 자네가 한 번도 권총을 쓰지 않았다는 사실을 알게 됐지. 그런 자네가 무엇 때문에 노클로스를 죽였나?」

캐넌은 한동안 주의를 집중하여 하이볼 안의 레몬을 바라보고 있었다. 그리고는 갑자기 얼굴을 찌푸렸으나 이내 밝게 웃으면서 형사를 보았다.

「어떻게 알았지, 바니? 그 일은 아주 깨끗하게 해치웠다고 생각하고 있었네. 마치 껍질을 벗긴 양파처럼 말이야. 아마 어딘가에 잘못이라도 매달려 있었던 모양이지?」

그는 감탄한 듯한 말투로 물었다.

우즈는 테이블 위에 금으로 된 작은 연필을 올려놓았다. 그것은 회중시계 사슬에 다는 장식이었다.

「이건 내가 자네한테 준 물건이야. 우리 둘이 센트 조셉에 있었던 마지막 크리스마스에 말이야. 자네가 준 면도용 컵은 지금도 간직하고 있지. 난 이걸 카펫 한구석에서 찾아냈어. 노클로스의 방에서 말야. 알겠나, 앞으로는 조심해서 일하라구, 조니. 우리는 옛날엔 친구였지만 지금은 나 역시 의무를 완수해야 한단 말일세. 자넬 전기의자에 앉혀야 될지도 모른다구.」

캐넌은 소리내어 웃었다.

「그러나 행운은 아직 내 편이라네. 옛 친구인 바니가 내 뒤를 쫓고 있으리라고는 상상도 못했는걸.」

그는 한 손을 윗옷 안쪽으로 가져갔다. 그 순간 우즈는 상대방의 옆구리에 권총을 들이댔다.

「그런 건 치워 둬.」

캐넌은 코에 주름을 잡으면서 말을 이었다.

「난 그저 조사하고 있을 뿐이라구. 조끼 주머니에 구멍이 뚫려 있군. 난 그 연필을 시곗줄에서 풀어 거기에 넣었지. 싸움이라도 붙어 격투를 하게 될지도 모른다고 생각하고 말이야. 그 권총은 넣어 달라구, 바니. 그러면 내가 왜 노클로스를 쏴야 했는지 그 이유를 말해 줄테니까. 그 늙은이는 말야, 복도까지 따라나와 내 윗옷 등에 달려 있는 단추를 향해 쏘았다구. 그러니 별수 있었겠나? 그 놈이 그 짓을 못하게 막을 수밖에. 할망구 쪽은 더 기막힌 여자였어. 침대에 머리를 처박은 채 1만 2천 달러짜리 다이아몬드 목걸이를 빼앗기면서도 울음소리 하나 안 내고 보고 있었으니까. 그러면서도 고작 3달러 정도 값어치밖에 없는 작은 금반지만은 돌려달라고 애걸복걸하더구먼. 그 여자 보나마나 노클로스 영감하고 결혼한 이유가 돈 때문이었을 테지. 그렇지만 여자란 사랑에 실패한 남자한테 받은 추억 어린 물건에 미련이 있게 마련이거든. 아무튼 반지가 여섯 개, 브로치가 둘, 그리고 시계가 하나, 몽땅 합쳐 1만 5천 달러 정도 될 게야.」

「아까도 말했지만 함부로 지껄이지 말라구.」

「아냐, 염려 없어.」

캐넌은 다시금 말했다.

「훔친 물건은 호텔의 내 가방 안에 있지. 그럼 내가 왜 이런 말을 지껄이는지 그 까닭을 들려주지. 그건 말야, 걱정할 필요가 전혀 없기 때문이지. 염려할 필요가 없단 말이야. 자네는 내게 1천 달러의 빚이 있다구. 바니 우즈, 그러니까 자넨 나를 잡고 싶을지 모르지만 자네 손이 말을 들어주지 않는다, 이 말이지.」

「잊고 있진 않아. 자네는 말 한 마디 없이 50달러 지폐로 스무 장을 꺼내 줬지. 언젠가는 갚아줄 셈이라구. 그 1천 달러 덕분에 우리 가족, 그렇지, 놈들이 우리집 세간을 밖으로 끌어내려는 순간에 때맞춰 갚아 줬으니까.」

「그러니까 하는 말인데, 네가 진짜 바니 우즈이고, 성실하고 의리 있는 사나이라면, 그런 은혜를 입고 나를 잡을 수야 없는 노릇이지. 그야 나 역시 이런 직업을 갖고 있는 이상, 자물쇠와 마찬가지로 인간도 연구하지 않을 수 없다구. 이봐, 웨이터를 부를 테니 그 동안 꼼짝 말고 있어. 난 요즘 술을 마시지 않으면 못 견딜 지경이야. 그래서 늘 조바심을 내고 있다네. 난 거래중엔 절대로 술을 안 마셔. 얘기가 끝나면 그땐 나도 친구 바니하고 떳떳하게 한 잔 마실 수 있지. 자넨 뭘 마시겠나?」

웨이터는 작은 병과 사이펀을 가져오자 다시금 사라졌다.

「자네 말대로야.」

우즈는 그 작은 연필을 둘째손가락으로 굴리며 말을 계속했다.

162

「난 자네를 그대로 놓아 줘야 해. 난 자네를 체포할 수 없지. 그 돈만 갚았더라도…… 그렇지만 아직 못 갚았단 말야. 그러니까 못 본 체해야지.」

「그렇게 말할 줄 알았지. 나는 사람을 볼 줄 알아. 자, 바니, 건배야.」

캐넌은 술잔을 들고 미소를 지었다.

「난 말일세…….」

우즈는 조용히 말을 계속했다. 마치 말을 하면서 생각에 잠겨 있는 듯했다.

「자네와 나 사이에 부채문제만 없다면, 뉴욕 안의 모든 돈을 내 앞에 쌓아올린다 해도 자네를 절대로 놓치지 않을 거야.」

「그런데 그게 불가능한 걸 어쩌지?」

캐넌은 또다시 덧붙였다.

「그래서 자네하고 마셔도 난 안전한 거지.」

「대개의 사람들은 내 직업을 다른 눈으로 보고 있어. 이 직업을 예술이나 지적인 직업 속에는 넣어 주질 않는 거야. 그렇지만 난 옛날부터 이 직업에 긍지 같은 걸 갖고 있다네. 아무튼 간에 난 자네를 놓아 줘야 해. 그리고 다음엔 경찰을 그만둬야 한다구. 설마 마부 정도는 해나갈 수 있을 테지. 그러면 자네한테 1천 달러를 갚을 기회는 점점 없어질 거야.」

「그런 건 아무래도 좋다구. 빌려준 돈은 이번 일로 없었던 것으로 하면 좋겠는데, 보나마나 자네 쪽에서 승낙 안 할 거란 말야. 어쨌든 자네가 그 돈을 빌려간 게 내겐 행운이 되는 셈이군. 그 얘기는 이쯤에서 덮어두세. 나는 내일 아침 열차를 타고 서부로 갈 셈이라구. 거기라면 노클로스의 보석을 처분할 수 있는 가게를 알고 있으니까. 자아, 쭉 한 잔 마시라구, 바니. 그리고 골치 아픈 건 잊어버리는 거야. 유쾌하게 마셔 보세. 경찰이 머리를 맞대고 그 사건을 조사하고 있는 동안 말야. 난 오늘 밤 사하라 사막처럼 목이 말라. 그런데 난 형사 바니가 아니라 친구 바니와 함께 있단 말야.」

그리고 캐넌은 벨을 눌러 웨이터를 수없이 불러오게 했다. 그러는 사이에 캐넌의 약점이——결국 가당치 않은 허영심과 오만한 자존심의 덩어리가——고개를 들기 시작했다.

그는 쥐도 새도 모르게 해치운 절도행각이며, 교묘한 수법 따위를 연거푸 이야기하기 시작했다. 그리하여 악당들에게는 어지간히 익숙해 있는 우즈도 이 사악한 인간에 대해 혐오의 감정이 솟구치는 것을 느꼈다. 전에는 자기의 은인이었던 이 사나이에 대해서 말이다.

「이것으로 이번 사건에 대한 빚은 일단 없어진 셈이군.」

우즈는 이윽고 말했다.

「그렇지만 자네도 잠시 숨어 있는 게 좋을걸. 신문에서 노클로스 사건을 다루게 될지도 모르니까. 이번 여름에 뉴욕에선 강도나 살인이 대유행이었어.」

그 말은 이내 캐넌을 보복적인 노여움으로 밀어 넣었다.

164

「신문 따윈 저리 가라 그래. 놈들이 대체 무얼 할 수 있다는 거지? 큼직한 활자로 바보 같은 거짓말이나 늘어놓아 가며 매수금이나 뜯어먹자는 것밖에 더 있어? 가령 놈들이 사건을 다룬다고 해도 그게 뭐 어쨌다는 거야? 경찰을 속이는 것쯤 누워서 떡 먹기지만, 신문이 무얼 할 수 있다는 거냐구? 얼간이 기자들을 몰래 현장으로 보낸다. 그러면 놈들은 근처 술집에 가서 맥주 따위를 마시면서 바텐더의 큰딸한테 이브닝 드레스를 입혀 사진을 찍지. 그리고 그걸 아파트 십층에 있는 젊은 남자의 약혼자로 만들어 신문에 실으면 그만이야. 그리고 이 청년에게는 살인이 있었던 밤 아래층에서 무슨 소리가 난 것 같다고 말하게 하는 식이지. 신문이 강도님 사냥을 한다는 건 고작 이 정도라구.」

그는 마구 소리쳐댔다.

「글쎄, 과연 그럴까? 신문에 따라서는 그 방면에서 훌륭한 일을 하기도 하지. 가령《모닝 마즈》지가 그렇다네. 이 신문은 두어 가지 단서를 끝까지 추적해서 경찰이 단념해 버린 사건의 범인을 캐낸 적도 있으니까.」

「좋아, 그렇다면…….」

캐넌은 자리에서 일어나 가슴을 내밀면서 말을 덧붙였다.

「그렇다면 보여 주지. 내가 신문을 어떻게 생각하고 있는지를 말이야. 특히 네가 말한 그《모닝 마즈》라는 신문을 말이지.」

테이블 근처에 전화박스가 있었다. 캐넌은 그곳으로 들어가 전화기 앞에 앉았다. 문은 열려진 채였다. 그는 전화번호책을 뒤지더니 수화기를 들고 교환수에게 용건을 말했다.

우즈는 잠자코 앉아 있었다. 그리고 전화기 앞에서 비웃음을 띤 냉정한 얼굴을 지켜보며 귀를 기울이고 있었다. 이윽고 사람을 놀리는 것 같은 비웃음으로 뒤틀린 캐넌의 잔인하고 얇은 입술에서 이런 말이 흘러나왔다.

「모닝 마즈 사인가? 편집장한테 할 얘기가 있다구. 아니, 노클로스 사건에 대해 할 말이 있다고 전하라구. ……당신이 편집장인가? 좋아……. 난 노클로스 영감을 죽인 사람이라구……. 잠깐, 기다려! 끊어 버리지 말란 말야. 난 전화 미치광이가 아니라구……. 천만에, 위험할 건 하나도 없지. 지금도 친구인 형사하고 그 얘기를 하고 있는 중이지. 난 말야, 그 영감을 새벽 두시 삼십분에 해치웠다구. 내일이면 꼭 이주일이 되지……. 당신하고 한잔하자구? 이봐, 그런 얘기는 전화 미치광이하고 말하는 게 좋지 않을까? 당신 뭘 모르는 모양이군. 이게 당신을 놀리는 전화인지, 아니면 당신네 그 엉터리 신문이 기막힌 특종감을 잡을 수 있는 전화인지 말야. 암, 그렇지. 꼬리가 없는 잠자리의 특종감이고말고. 그렇지만 내 이름과 주소를 알아내려 해봤자 헛일이야. 왜 알려주느냐구? 그야 당신네 신문이 경찰도 손을 못 댄 사건을 해결한다면서? 그래서 이렇게 연락하는 거라네. 아니, 아직 얘기가 끝나지 않았어. 할 얘기가 있네. 그게 뭐고 하니, 당신네 같은 썩어빠진 신문이 머리 좋은 살인범이나 강도를 아무리 뒤쫓아

봤자 헛물만 켠다는 사실을 말해 주고 싶어서야. 뭐? 천만에, 그렇지 않아. 당신네 경쟁 신문사에서 놀리려고 그러는 게 아니라구. 당신은 지금 진짜 특종기사를 제공받고 있는 거야. 노클로스는 내가 죽였어. 그리고 보석은 내 가방에 넣어 어떤 호텔——그 호텔의 이름은 알아 들을 수가 없었다——에 갖다 놓았지. 어때? 그래도 날 엉터리라고 생 각하나? 이봐, 잘 들어두라구. 힌트를 한 가지 줄 테니까. 그럼 당신 도 납득이 될 거야. 물론 당신도 이 살인 사건에 대해선 젊은 기자들 을 시켜 빈틈없이 조사했을 테니까. 아무튼 말해 주지. 잘 들어, 노클 로스 할망구 나이트가운에 붙어 있는 두 번째 단추 말야, 절반쯤 깨 져 있을 거야. 난 할망구 손가락에서 반지를 빼낼 때 그걸 알았지. 천 만에, 그런 것은 그만두는 게 어때? 해봤자 헛일이라구.」

캐넌은 우즈 쪽을 돌아보고 악마 같은 미소를 지으며 말했다.

「놈이 드디어 움직이기 시작했어. 이제야 내 말이 믿어지는 모양이 야. 전화통을 손으로 막았지만, 누군가한테 시켜 이쪽 전화번호를 알 아내려 하고 있다구. 한 가지만 더 놀려 주고 나서 날기로 해야겠군.」

그는 또다시 전화에 대고 말했다.

「여보세요! 그렇지, 난 아직 여기 있다구. 설마 내가 도망치리라고 생각하고 있었던 건 아닐 테지? 너희 같은 엉터리 신문기자 놈들한테 서? 나를 사십팔 시간 안에 체포해 보이겠다구? 이봐, 농담 작작 하라 구. 어르신네 일은 놔두고, 고작 이혼사건이나 전차사고라도 뒤쫓는 게 어떤가? 그럼 안녕, 편집장. 그곳으로 갈 틈이 없어 안타깝구먼.」

캐넌은 수화기를 놓고 밖으로 나왔다.

「녀석, 쥐를 놓친 고양이처럼 화를 내고 있군. 그건 그렇고 바니, 어디 가서 쇼라도 구경하고 잘 시간까지 천천히 즐기게. 난 네 시간만 자면 충분하다구. 그 뒤는 서부행 열차를 타기만 하면 되니까 말야.」

두 사람은 브로드웨이의 어느 레스토랑에서 식사를 했다. 캐넌은 혼자 만족해하고 있었다. 그리고 소설 속의 왕자님처럼 돈을 썼다. 그들은 호화로운 뮤지컬 코미디를 구경하고 어떤 그릴에서 야식을 들고 샴페인을 마셨다.

새벽 네시경 두 사람은 술집에 있었다. 캐넌은 맥빠진 투로 여전히 자기 자랑을 늘어놓았다.

우즈는 생각에 잠기면서 종국(終局)을 생각하고 있었다. 그 종국은 법의 지지자로서의 자기 유용성을 묻는 데까지 와 있었기 때문이다.

그러나 궁리에 잠겨 있는 사이 점점 그의 눈이 빛나기 시작했다.

「과연 가능성이 있을까?」

그는 이렇게 혼잣말을 했다.

「정말 가능성이 있을까?」

이윽고 술집 밖에서는 이른 아침의 조용한 거리가 어렴풋한 외침 소리로 어지럽혀지기 시작했다. 그 외침 소리는 소리의 반다라고 할 정도로, 어떤 때는 뚜렷이 들리고, 어떤 때는 희미하게밖에 들리지 않아, 우유배달마차나 어쩌다가 지나가는 전차의 소음 속에서 차츰 커졌다 작아졌다 하고 있었다.

그것은 다가왔을 때에는 매우 큰 소리였다. 이 대도시에 살고 있는 몇백만이나 되는 시민 가운데에서 잠이 깨어 그 소리를 듣는 자들의 귀에 갖가지 뜻을 날라다 주는 귀에 익은 소리였다. 그 뜻 깊은 작은 소리에 이 세상의 슬픔, 웃음, 기쁨, 압박 따위의 무거운 짐을 싣고 오는 외침 소리였다.

그것은 밤이라는 덮개에 가리워져 움츠리고 있는 자들에게는 현기증을 일으킬 것 같은 나쁜 뉴스를 가져다 주고, 행복한 꿈에 싸여 있는 자들에게는 밝아오는 아침을 예고하는 것이었다.

이 도시의 온갖 곳에서 그 외침 소리가 일기 시작했다. 날카롭고 힘찬 목소리로 '시간'이라는 기계의 톱니바퀴 하나가 미끄러져 일으킨 갖가지 사건을 예고하고 다니고, 아직 자고 있는 사람들에게는 그들이 운명의 손에 몸을 맡기고 누워 있는 사이 복수나 이익, 비애나 보수, 멸망 따위 캘린더의 새로운 숫자를 날라다 주었다.

그 외침은 드높았고 슬픔을 이끄는 그런 것이었다. 마치 그 어린 목소리에는 자기들에게는 책임이 없는 두 손에 악(惡)만이 들끓고 선(善) 따위는 조금도 없는 짐이 지워진 것을 슬퍼하고 있는 것 같았다.

이리하여 스스로를 어찌 할 수 없는 도시의 길거리에 메아리치는 것이야말로 신들의 새로운 명령을 전달하였다. 즉 신문팔이 소년들이 외치는 소리였다. 신문 나팔 소리였던 것이다.

우즈는 10센트 은화를 꺼내 손가락 끝으로 웨이터 쪽으로 튕겨낸

후 말했다.

「이봐, 《모닝 마즈》를 사다 주게나.」

신문을 받자 그는 제1면을 보았다. 그리고는 자기의 수첩을 한 장 찢어 거기에 작은 금연필로 무엇인가를 적기 시작했다.

「뭔가 색다른 기사라도 실려 있나?」

캐넌이 하품을 하면서 말했다.

우즈는 그에게 적은 것을 손톱 끝으로 튕겨보냈다.

뉴욕 모닝 마즈 사 귀중

존 캐넌을 지정수취인으로 하여 상금 1천 달러를 지불해 주십시오. 이 금액은 존 캐넌의 체포 및 유죄 인정에 있어 저에게 주어져야 할 것입니다.

바너드 우즈

「난 신문사에서 자네 머리에 현상금을 걸 거라는 생각을 했다네.」

우즈는 다시금 덧붙였다.

「자네가 전화로 신문사를 놀려대고 있을 때 그런 생각이 들더란 말일세. 자아, 조니, 경찰서까지 동행하자구.」

작가와 작품 해설

O. 헨리의 생애와 작품 세계

미국의 모파상으로 불리는 O. 헨리는 1862년 노스캐롤라이나 주 길포드 카운티의 그린즈버로에서 태어났다.

O. 헨리는 그곳에서 유년 시절을 보냈다. 의사였던 그의 아버지는 그 작은 마을에서 개업하였으나 병원은 뒷전이고 발명하는 일에만 골몰하여 미치광이로 몰리기도 했다. 결국 말년에는 가산을 탕진하고 폐인이 되고 만다.

O. 헨리의 어머니는 아버지와는 달리, 미술에 재주가 있었고 문학적 감수성과 문장력도 뛰어났다. 이러한 어머니의 문장력이 O. 헨리에게 그대로 전수되었으나, 그가 세 살 때 그의 어머니는 폐병으로

세상을 떠났다.

어머니가 사망하자 O. 헨리는 숙모 밑에서 성장하였다. 숙모 라이너는 O. 헨리에게 문학적 재능이 있다는 것을 깨닫고 그에게 문학 작품을 많이 접하도록 했다. 그러나 폐인이 된 아버지의 무능력으로 인해 숙모가 모든 생활을 꾸려나가야 했으므로, O. 헨리는 상급 학교의 진학을 포기해야 했다.

진학을 포기한 그는 큰아버지가 운영하는 약국에서 견습 일을 하게 된다. 견습 일은 O. 헨리에게 다양한 사람들을 접할 수 있게 해주었고, 이러한 그때의 경험은 이후 그의 작품 속에서 좋은 소재로 등장하였다.

1882년 그가 20세가 되던 해, O. 헨리는 마을 의사의 권유로 그 의사와 함께 텍사스로 떠났다. 텍사스에 펼쳐진 그 의사의 목장에서 그는 여유로운 전원 생활을 만끽했다. 그런 생활 가운데서도 그는 바이런, 디킨즈, 셰익스피어 등의 작품을 탐독하는 데 게을리하지 않았다.

목장에서의 생활은 2년 정도 계속되어, 22세 때인 1884년에는 목장과 작별하고 그 주의 수도인 오스틴으로 향했다. 마침 친구의 아버지가 경영하는 토지 회사 사무원으로 들어가 그곳에서 2년 동안 근무했다.

1886년 목장에서 신세를 진 리 홀이 텍사스 토지 관리관으로 선출되는데, 그의 권유로 O. 헨리는 1887년부터 4년 간 텍사스 토지 관리국에서 일하게 된다. 토지업무는 그다지 흥미롭지 않았으나 토지를 둘러싼 분쟁의 실태를 관찰함으로써 후에 작품 활동을 하는 데 밑거름이 되었다.

1886년에 O. 헨리는 주 의사당의 준공 기념 무도회에서 18세인 에이돌 에스티스 로치를 만나 사랑에 빠진다. 그리고 이듬해인 1887년 25세의 나이로 결혼한다. O. 헨리를 진심으로 사랑했던 그녀는 그에게 소설을 쓰라고 권유했다.

아내의 격려에 힘입어 「마지막 승리」와 「사소한 착오」를 어느 잡지사에 보내게 되는데, 이를 계기로 문학가로서 발을 내딛게 되지만, 그가 작가로서 본격적인 활동을 하는 것은 그보다 훨씬 더 이후의 일이다.

토지 관리국을 그만두고 1891년 퍼스트 내셔널 은행의 출납계에 들어간 O. 헨리는 재직중에 친구와 함께 유머 주간지를 발행하였다.

O. 헨리는 신문을 폐간하고 프리랜서 기자로 활동하다가 《포스트》지에 들어가 그림을 그렸는데, 시사 문제를 풍자적으로 그린 그의 그림은 다른 신문에도 실릴 정도로 인기가 있었다.

그러나 1896년 퍼스트 내셔널 은행에서 공금 횡령 혐의로 그를 고소하여 5년형을 언도받게 된다. 이 즈음 아내가 병으로 사망하는 등 O. 헨리에게는 불행이 겹치게 된다. 교도소 생활은 비참하였지만 그가 교도소 생활을 체험하지 않았더라면 그는 미국 문학사에 영원히 남는 작가가 되지 못했을 것이다. 그만큼 교도소에서의 생활은 그의 작가적 성장에 중요한 역할을 하였다.

교도소에서 그는 모범수로 생활하면서 열심히 소설을 썼다. 어쩌면 소설 속에서만 현실을 잊을 수 있었는지도 모른다. 그는 작품이 완성되면 친구를 통해 잡지사로 보냈는데, 1899년에 《맥 클리어》 지에 「휘파람 딕의 크리스마스와 스토킹」이라는 소설이 그의 이름으로 처음 실리게 되었다.

그가 교도소에서 완성한 작품은 총 12편에 달한다. 모범수로 복무하던 그가 3년 3개월 만에 출소하게 되는데, 그는 이때부터 창작에 전념한다.

40세가 되는 1902년 봄 뉴욕으로 온 O. 헨리는 《에인즐리 매거진》의 편집장 길먼 홀을 찾아갔다. 그는 길먼 홀의 도움을 받아 뉴욕에 온 지 일 년도 안 돼서 여러 편의 작품을 발표하였고, 일주일에 한 편씩 쓰기로 한 《썬데이 월드》 지와의 약속으로 1903년에서 1906년까지 그의 일생에서 가장 많은 작품을 창작하였다.

1904년에 첫 단편집 『양배추와 임금님』을 출간하였고, 2년 후인 1906년에는 『4백만』이 출간됨으로써 그의 작가적 지위를 확보하게 된다. 『4백만』은 당시 뉴욕의 인구를 나타내는 숫자로, 여기에 수록된 작품은 「20년 후」, 「경관과 찬송가」, 「크리스마스 선물」 그리고 우리나라에 가장 잘 알려진 「마지막 잎새」 등이다.

1907년에는 뉴욕에서 생활하며 취재한 내용을 쓴 단편집 『손질이 잘된 램프』와 『서부의 마음』이 출간되었고, 이듬해에는 『도시의 소리』와 『점잖은 사기꾼』이, 1909년에는 『운명의 길』과 『선택권』이 간행되었다.

이렇게 전문 작가로서 자리를 굳힘에 따라 O. 헨리의 생활은 점차 안정되고 재혼도 하였지만, 행복은 그리 오래가지 못했다. 음주벽과 낭비벽이 심해져서 많았던 재산도 점차 줄어들었고, 아내와의 사이가 나빠져서 홀로 그리니치 빌리지로 와서 창작 활동에 전념하였다. 그러나 계속 건강이 나빠짐에 따라 O. 헨리는 다시 뉴욕으로 돌아오지만 1910년 3월에 48세의 나이로 생을 마감하게 된다.

O. 헨리가 사망한 후 단편집 『인생의 회전목마』가 출간되었는데 여기에는 그의 작품 가운데 가장 유머러스한 작품으로 알려진 「붉은 추장의 몸값」과 「장님의 휴일」 등이 수록되어 있다. 1911년에는 『엉망진창』, 1912년에는 『구르는 돌』, 1917년에는 『잡동사니』가 출간되었다.

작품 줄거리 및 해설

「마지막 잎새」는 사랑과 희생이라는 주제가 가장 성공적으로 그려진 작품이라 할 수 있다. 실패한 화가 베어먼 영감은 폐렴을 앓아 죽어 가고 있는 잔시를 위하여 비를 맞으며 밤새도록 담벽 위에 담쟁이 잎을 그려 놓는다. 그로 인해 베어먼 영감은 폐렴으로 세상을 떠나

고, 잔시는 그 담쟁이를 보고 용기를 얻어 차츰 건강을 회복하게 된
다는 내용이다. 베어먼 영감이 그린 그림이야말로 삶이라는 예술의
최대 걸작품이라고 할 수 있다.

이 작품은 불쌍하고 나약한 영혼을 위해 기꺼이 자신의 목숨을 돌
보지 않고 희생한 한 노인의 아름다운 마음에 대해 생각해 보게 한
다.

「크리스마스 선물」에서는 사랑하는 사람에게 크리스마스 선물을
주기 위해 각자 지니고 있던 가장 중요하고 값진 물건을 파는 부부의
이야기이다. 상대방의 깊은 사랑이 담겨 있는 선물을 손에 쥐고 그들
은 눈물을 흘린다. 남편은 시계를 팔아 아내의 머리빗을 사고, 아내
는 머리를 잘라 팔아서 남편의 시곗줄을 산 것이다. 비록 지금 당장
에는 아무 쓸모없는 선물이 되었지만 세상에서 가장 행복한 크리스
마스를 맞이한 부부는 사랑에 충만된 모습으로 서로를 바라보며 끝
을 맺는다.

「20년 후」에서 O. 헨리는 인생의 아이러니를 역설적으로 보여주고
있다. 어렸을 때부터 친하게 지내온 두 남자가 각자의 길을 가게 되
면서 20년 후에 만나자는 약속을 한다. 한 사람은 도둑이 되고, 한 사
람은 경찰이 되어 만난 두 사람. 잡고 잡혀야 하는 웃지 못할 상황에
빠진 두 사람의 엇갈린 만남이 희극적으로 그려져 있다.

O. 헨리는 주옥 같은 작품을 발표함으로써 단편 소설 문학사에 크게
공헌을 했다. 그는 호손, 포와 같은 작가에 의해 수립된 미국의 단편 소

설 전통을 계승하고 발전시켰던 것이다. 또한 인간성의 숭고함과 고귀함을 고양시키는 데 남다른 관심을 기울였다.

그의 작품이 전해주는 따뜻한 웃음과 가슴 찡한 울림은 유머와 위트, 그리고 페이소스 속에 깃들어 있는 휴머니즘 때문이다. 그보다 앞선 시대의 작가였던 스미스는 'O. 헨리야말로 단편 소설을 인간화했다'라고 평하였는데, 스미스의 언급은 O. 헨리의 인도주의적인 면을 가장 잘 입증해 주는 것이라 하겠다. 이처럼 O. 헨리는 작품 속에 웃음과 감동을 줌으로써 오늘날까지도 세계의 많은 사람들의 가슴속에 살아 숨 쉬는 작가가 되었다.

작가 연보

1862년	9월 11일, 미국 노스캐롤라이나 주 길포드 카운티의 그린즈버로에서 의사인 아버지와 예술적 감각이 있는 어머니 사이에서 셋째아들로 태어남.
1865년(3세)	어머니가 폐병으로 사망함. 숙모 라이너의 집으로 옮겨감.
1879년(17세)	큰아버지가 경영하는 약국에서 약제사 견습 일을 시작함.
1882년(20세)	같은 마을의 의사 제임스 홀 부부의 권유로 텍사스 남서부로 감. 제임스 홀의 둘째아들 리 홀 부부의 초청을 받고 목장에 묵게 됨. 이 기간 동안 바이런, 디킨즈, 셰익스피어 등의 작품을 탐독.
1884년(22세)	오스틴으로 떠남.
1885년(23세)	친구의 아버지가 경영하는 토지 회사에서 약 2년 동안 사무원으로 근무함.
1886년(24세)	주 의사당 준공 기념 무도회에서 18세의 에이돌 에스티스 로치를 만남.
1887년(25세)	텍사스 토지 관리국에서 리 홀의 조수로 근무함. 에이돌 에스티스 로치와 결혼함. 아내의 권유로 「마지막 승리」와 「사소한 착오」를 집필.
1888년(26세)	아들을 낳았으나 사망함. 9월 O. 헨리의 아버지가 사망함.

1891년(29세)	리 홀이 주지사 선거에 패해 공직에서 물러나자 O. 헨리는 퍼스트 내셔널 은행의 출납계에 취직.
1894년(32세)	은행에 근무하면서 친구와 함께 《롤링 스톤》이라는 유머 주간지를 발행함. 은행을 그만둠.
1895년(33세)	《포스트》지에 기자로 근무하면서 단편 작품들을 발표함.
1897년(35세)	5월, 숙모가 사망함. 7월, 아내 에이돌이 사망함.
1898년(36세)	오하이오 주 콜럼버스 연방 교도소에서 복역하게 됨. 「라바 캐년의 기적」이 세이트폴의 《파이오니어 프레스》지와 《맥클리어》지에 게재됨.
1899년(37세)	《에인즐리 매거진》지에 필명으로 시 「격려」를 발표함. 《맥클리어》지에 O. 헨리라는 이름으로 단편 「휘파람 딕의 크리스마스와 스토킹」을 발표함. 이 외에도 복역중에 다수의 작품을 여러 잡지에 발표함. 5년형을 선고받았지만 모범수여서 3년 3개월로 감형됨.
1901년(39세)	출옥함.
1902년(40세)	「하그레이브즈의 1인 2역」을 발표함. 《에인즐리 매거진》지의 편집장 길먼 홀의 도움으로 뉴욕에 진출하여 잡지계에서 주목받게 됨.
1903년(41세)	뉴욕 《썬데이 월드》지와 계약을 맺고 매주 1편씩 단편을 기고함. 그 뒤 100편 이상의 작품을 씀.
1904년(42세)	「20년 후」, 「마녀의 빵」, 「정신없는 브로커의 로맨스」, 「진

자」, 「양배추와 임금님」 등 1년 동안에 75편의 단편을 발표함. 이 해에 첫 단편집 『양배추와 임금님』이 출간됨.

1905년(43세)　「마지막 잎새」, 「나팔 소리」 등 54편의 단편을 발표함.

1906년(44세)　두 번째 단편집 『4백만』을 출판하여 세계적 명성과 인기를 얻음. 이 해 19편의 단편을 발표함.

1907년(45세)　뉴욕 생활에서 취재한 세 번째 단편집 『손질이 잘된 램프』를 출간함. 10월, 텍사스에서의 체험을 기초로 한 단편집 『서부의 마음』을 출간함. 샐리 린제이 콜먼과 재혼함. 이 해 11편의 단편을 발표함.

1909년(47세)　『운명의 길』을 발표함. 아내를 고향으로 돌려보내고, 딸을 뉴저지 주 잉글우드의 기숙 학교에 보낸 다음, 자신은 혼자 뉴욕의 그리니치 빌리지의 아파트로 옮김. 이 해 8편의 단편을 발표함.

1910년(48세)　과로, 과음, 간경병으로 인해 뉴욕 종합병원에서 사망함. 노스캐롤라이나의 내시빌에 묻힘. 단편집 『인생의 회전목마』가 유고로 발표됨.